魔法科高中的劣等生 9

The irregular at magic high school

來訪者篇〈上〉

佐島 勤
Tsutomu Sato

illustration／石田可奈
Kana Ishida

illustrator assistant／ジミー・ストーン、末永康子

「莉娜，我覺得
別過度在意勝負比較好。」
司波深雪
司波兄妹中的妹妹。就讀一年A班，以首席身分就讀魔法科高中的高材生。是別名「花冠」的一科生。擅長領域為「冷卻魔法」。唯一的可愛缺點就是「重度的戀兄情結」。

光井穗香
就讀一年A班，深雪的同班同學。擅長操縱光的光波振動系魔法。個性容易有先入為主的觀念。
「互相競爭是相當重要的事情。
即使是實習，我覺得計較勝負
更能精益求精。」
安潔莉娜・庫都・希爾茲
Angelina Kudou Shields
和北山雫「交換留學」來到魔法科高中的USNA（北美利堅大陸合眾國）高中生。擁有不世出的魔法技術的金髮碧眼美少女。

「妳們打不倒我。」
吸血鬼
藏身於闇夜，抽取魔法師血液的神祕怪客。
「我要以STARS總隊長權限，處決你。」
安吉・希利鄔斯
Angie Sirius
USNA魔法師部隊「STARS」的總隊長。階級是少校。也是戰略級魔法師「十三使徒」之一。

西城雷歐赫特
通稱「雷歐」，與達也同樣就讀一年E班。父親是混血兒，母親是隔代混血兒。擅長「硬化魔法」。
「這樣很痛耶！」
千葉艾莉卡
達也的同班同學。個性開朗，經常會連累到他人的闖禍大王。家裡是劍與魔法之複合戰鬥術——「劍術」的名門。
「Miki負責大衣人。我去壓制面具人！」
「這邊的對手同樣不好應付。」
吉田幹比古
就讀一年E班，達也的同班同學。出自古式魔法名門。從小就認識艾莉卡。

「我要以全力打倒妳！」

「我絕對不能輸給妳！」

2095年現在的世界情勢

以全球寒冷化為直接契機的第三次世界大戰——二十年世界連續戰爭大幅改寫了世界地圖。世界現狀如下所述：

USA合併了加拿大以及墨西哥到巴拿馬等各國，組成北美利堅大陸合眾國（USNA）。

俄羅斯再度吸收烏克蘭與白俄羅斯，組成新蘇維埃聯邦（新蘇聯）。

中國征服緬甸北部、越南北部、寮國北部以及朝鮮半島，組成大亞細亞聯盟（大亞聯盟）。

印度與伊朗併吞中亞各國（土庫曼、烏茲別克、塔吉克、阿富汗）以及南亞各國（巴基斯坦、尼泊爾、不丹、孟加拉、斯里蘭卡），組成印度、波斯聯邦。

亞洲阿拉伯其餘國家，分區締結軍事同盟，對抗新蘇聯、大亞聯盟以及印度、波斯聯邦三大國。

澳洲選擇實質鎖國。

歐洲整合失敗，以德國與法國為界分裂為東西兩側。東歐與西歐也沒能各自整合為單一國家，團結力甚至不如戰前。

非洲各國半數完全消滅，倖存的國家也只能勉強維持都市周邊的統治權。

南美除了巴西，都處於地方政府各自為政的小國分立狀態。

戰略級魔法師——十三使徒

現代魔法是在高度科技之中培育而成，因此能開發強力軍事魔法的國家有限，導致只有少數國家能開發匹敵大規模破壞兵器的戰略級魔法。

不過，開發成功的魔法會提供給同盟國，高度適合使用戰略級魔法的同盟國魔法師，也可能被認證為戰略級魔法師。

在2095年4月，各國認定適合使用戰略級魔法，並且對外公開身分的魔法師共十三名。他們被稱為「十三使徒」，公認是世界軍事平衡的重要因素。十三使徒的國籍、姓名與戰略級魔法名稱如下所述：

USNA

安吉・希利鄔斯：「重金屬爆散」
艾里歐特・米勒：「利維坦」
羅蘭・巴特：「利維坦」
※其中只有安吉・希利鄔斯任職於STARS。艾里歐特・米勒位於阿拉斯加基地，羅蘭・巴特位於國外的直布羅陀基地，兩人基本上不會出動。

新蘇維埃聯邦

伊果・安德烈維齊・貝佐布拉佐夫：「水霧炸彈」
列昂尼德・肯德拉切科：「大地紅軍」
※肯德拉切科年事已高，基本上不會離開黑海基地。

大亞細亞聯盟

劉雲德：「霹靂塔」
※劉雲德已於2095年10月31日的對日戰鬥中戰死。

印度、波斯聯邦

巴拉特・錢德勒・坎恩：「神焰沉爆」

日本

五輪 澪：「深淵」

巴西

米吉爾・迪亞斯：「同步線性融合」
※魔法式為USNA提供。

英國

威廉・馬克羅德：「臭氧循環」

德國

卡拉・施米特：「臭氧循環」
※臭氧循環的原型，是分裂前的歐盟因應臭氧層破洞而共同研發的魔法。後來由英國完成，依照協定向前歐盟各國公開魔法式。

土耳其

阿里・夏亨：「巴哈姆特」
※魔法式為USNA與日本所共同開發完成，由日本主導提供。

泰國

梭姆・查伊・班納克：「神焰沉爆」
※魔法式為印度、波斯聯邦提供。

背負某項缺陷的劣等生哥哥。
一切完美無瑕的優等生妹妹。
這對兄妹就讀魔法科高中之後，

風波不斷的每一天就此揭開序幕——

魔法科高中的劣等生 9

The irregular at magic high school

來訪者篇〈上〉

佐島 勤
Tsutomu Sato
illustration
石田可奈
Kana Ishida

Kadokawa Fantastic Novels

Character
登場角色介紹

司波達也

就讀於一年E班，被揶揄為
「雜草」的二科生（劣等生）。
達觀一切。

司波深雪

就讀於一年A班。達也的妹妹。
以首席成績入學的優等生。
擅長冷卻魔法，溺愛哥哥。

西城雷歐赫特

就讀於一年E班，達也的同班同學。
擅長硬化魔法，個性開朗。

千葉艾莉卡

達也的同班同學。
擅長劍術，可愛的闖禍大王。

柴田美月

就讀於一年E班，達也的同班同學。
罹患靈子放射光過敏症。
有點少根筋的認真少女。

吉田幹比古

就讀於一年E班，達也的同班同學。
出自古式魔法的名門。
從小就認識艾莉卡。

光井穗香

就讀於一年A班，深雪的同班同學。
擅長光波振動系魔法。
一旦擅自認定後就頗為一意孤行。

北山 雫

就讀於一年A班，深雪的同班同學。
擅長振動與加速系魔法。
情緒起伏鮮少展露於言表。

森崎 駿

就讀於一年A班，深雪的同班同學。
擅長高速操作CAD。
身為一科生的自尊強烈。

里美 昴

就讀於一年D班，
宛如美少年的少女。
個性開朗隨和。

明智英美

就讀於一年B班，隔代混血兒。
全名是艾米莉雅．英美．
明智．格爾迪。

櫻小路紅葉

就讀於一年B班，
昴與艾咪的朋友。
便服是哥德蘿莉風格。
喜歡主題樂園。

七草真由美

三年級，前任學生會會長。在魔法科學生之中，
實力為歷代最高等級。

中条 梓

二年級，繼真由美之後的
學生會會長。
生性膽小，
個性畏首畏尾。

市原鈴音

三年級，前任學生會會計。
冷靜沉著的智慧型人物。
真由美的左右手。

服部刑部少丞範藏

二年級，前任學生會副會長。
繼克人之後的社團聯盟總長。

渡邊摩利

三年級，前任風紀委員會委員長。
為真由美的好友，
各方面傾向好戰。

辰巳鋼太郎

三年級，前任風紀委員。個性豪爽。

澤木 碧

二年級，風紀委員。
對女性化的名字耿耿於懷。

關本 勳

三年級，風紀委員會成員。
論文競賽校內審查第二名。

桐原武明

二年級。劍術社成員。
關東劍術大賽國中組冠軍。

五十里 啟

二年級，學生會會計。
魔法理論的成績
為全學年第一。
千代田花音的未婚夫。

壬生紗耶香

二年級。劍道社成員。
劍道大賽國中女子組
全國亞軍。

千代田花音

二年級。繼摩利之後的
風紀委員長。
五十里啟的未婚妻。

平河小春

三年級，以工程師身分參加九校戰。
主動放棄參加論文競賽。

十文字克人

三年級。
前任社團聯盟總長。

平河千秋

就讀於一年G班。敵視達也。

安宿怜美

保健醫生。穩重溫柔的笑容
大受男學生歡迎。

一条將輝

第三高中的一年級學生。
參加九校戰。
「十師族」一条家的繼承人。

廿樂計夫

擅長魔法幾何學的教師。
論文競賽的負責人。

吉祥寺真紅郎

第三高中的一年級學生。
參加九校戰。
以「始源喬治」的
別名眾所皆知。

一条 茜

一条家長女，
將輝的妹妹。
有點早熟的小學生。

一条美登里

將輝的母親。
個性溫和，
廚藝高明。

一条瑠璃

一条家次女，將輝的妹妹。
我行我素，行事可靠。

九重八雲

擅長古式魔法「忍術」。
達也的體術師父。

千葉壽和

千葉艾莉卡的大哥，
警察省國家公務員。
乍看之下像是遊手好閒的人。

千葉修次

千葉艾莉卡的二哥，摩利的男友。
具備千刃流劍術免許皆傳資格。
別名「千葉的麒麟兒」。

牛山

FLT的CAD開發第三課主任。
受到達也的信任。

鈴

森崎拯救的少女。
全名是「孫美鈴」。
香港國際犯罪組織
「無頭龍」的新領袖。

陳祥山

大亞聯軍特殊作戰部隊隊長。
為人心狠手辣。

呂剛虎

大亞聯軍特殊作戰部隊的
王牌魔法師。
別名「食人虎」。

小野 遙

一年E班的輔導老師。
生性容易被欺負，
卻有不為人知的另一面。

風間玄信

陸軍101旅
獨立魔裝大隊隊長。
階級為少校。

真田繁留

陸軍101旅
獨立魔裝大隊幹部。
階級為上尉。

柳 連

陸軍101旅獨立魔裝大隊幹部。
階級為上尉。

山中幸典

陸軍101旅獨立魔裝大隊幹部。
少校軍醫，一級治癒魔法師。

藤林響子

擔任風間副官的女性軍官。
階級為少尉。

九島 烈

被譽為世界最強
魔法師之一的人物。
眾人尊稱為「宗師」。

周

安排呂與陳來到日本的
俊美青年。

安潔莉娜・庫都・希爾茲

USNA魔法師部隊
「STARS」的總隊長。
階級是少校。暱稱是莉娜。
也是戰略級魔法師「十三使徒」之一。

班哲明・卡諾普斯

USNA魔法師部隊「STARS」的第二把交椅。
階級是少校。希利鄔斯少校不在時的代理總隊長。

希兒薇雅・瑪裘利・法斯特

USNA魔法師部隊「STARS」的
行星級魔法師。階級是准尉。
暱稱是希兒薇，姓氏來自
軍用代號「第一水星」。
在日本執行作戰時，
擔任希利鄔斯
少校的輔佐。

米卡艾拉・弘格

USNA派到日本的間諜（正職是
國防總署的魔法研究人員）。
暱稱是米亞。

亞弗列德・佛瑪浩特

USNA魔法師部隊「STARS」的一等星魔法師。
階級是中尉。暱稱是弗列迪。現在逃兵中。

查爾斯・沙立文

USNA魔法師部隊「STARS」的行星級魔法師。
別名為「第二魔星」。現在逃兵中。

克蕾雅

獵人Q——沒能成為「STARS」的
魔法師部隊「STARDUST」的女兵。
Q意味著追蹤部隊的第17順位。

瑞琪兒

獵人R——沒能成為「STARS」的
魔法師部隊「STARDUST」的女兵。
R意味著追蹤部隊的第18順位。

司波小百合

達也與深雪的後母。
厭惡兩人。

四葉真夜

達也與深雪的姨母。
深夜的雙胞胎妹妹。
四葉家現任當家。

葉山

服侍真夜的高齡管家。

司波深夜

達也與深雪的母親。已故。
唯一擅長精神構造干涉魔法的
魔法師。

櫻井穗波

深夜的「守護者」。已故。
受到基因操作，強化魔法
天分而成的調整體魔法師
「櫻」系列第一代。

黑羽貢

司波深夜、四葉真夜的表弟。
亞夜子、文彌的父親。

黑羽亞夜子

達也與深雪的從表妹。
和弟弟文彌是雙胞胎。

黑羽文彌

四葉家下任當家候選人。
達也與深雪的從表弟。
和姊姊亞夜子是雙胞胎。

Glossary
用語解說

魔法科高中
國立魔法大學附設高中的通稱，全國總共設立九所學校。
其中的第一至第三高中，每學年招收兩百名學生，
並且分為一科生與二科生。

花冠、雜草
第一高中用來形容一科生與二科生階級差異的隱語。
一科生制服的左胸口繡著以八枚花瓣組成的徽章，
不過二科生制服沒有。

一科生的徽章

CAD
簡化魔法發動程序的裝置，
內部儲存使用魔法所需的程式。
分成特化型與泛用型，外型也是各有不同。

司波達也的CAD

Four Leaves Technology〔FLT〕
國內一家CAD製造公司。
原本該公司製造的魔法工學零件比成品有名，
但在開發「銀式」之後，
搖身一變成為知名的CAD製造公司。

司波深雪的CAD

托拉斯·西爾弗
短短一年就讓特化型CAD的軟體技術進步十年，
而為人所稱頌的天才技師。

Eidos〔個別情報體〕
原為希臘哲學用語。在現代魔法學，個別情報體指的是
「伴隨事物現象而來的情報」，是「事象」曾經存在於
「世界」的記錄，也可以說是「事象」留在「世界」的足跡。
依照現代魔法學的定義，「魔法」就是修改個別情報體，
藉以改寫個別情報體所代表的「事象」的技術。

Idea〔情報體次元〕
原為希臘哲學用語。在現代魔法學，情報體次元指的是「用來記錄個別情報體的平台」。
魔法的原始形態，就是將魔法式輸入這個名為「情報體次元」的平台，
改寫平台裡「個別情報體」的技術。

啟動式
為魔法的設計圖，用來構築魔法的程式。
啟動式的資料檔案，是以壓縮形式儲存在CAD，魔法師輸入想子波展開程式之後，
啟動式會依照資料內容轉換為訊號，並且回傳給魔法師。

想子
位於靈異現象次元的非物質粒子，記錄認知與思考結果的情報元素。
成為現代魔法理論基礎的「個別情報體」，成為現代魔法骨幹的「啟動式」和
「魔法式」技術，都是由想子建構而成。

靈子
位於靈異現象次元的非物質粒子。雖然已經確認其存在，但是形態與功能尚未解析成功。
一般的魔法師，頂多只能「感覺到」活化狀態的靈子。

魔法師
「魔法技能師」的簡稱。能將魔法施展到實用等級的人，統稱為魔法技能師。

魔法式
用來暫時改變伴隨事物現象而來的情報之情報體。由魔法師持有的想子構築而成。

魔法演算領域

構築魔法式的精神領域，也就是魔法資質的主體。該處位於魔法師的潛意識領域，魔法師平常可以意識到魔法演算領域並且使用，卻無法意識到內部的處理過程。對魔法師本人來說，魔法演算領域也堪稱是個黑盒子。

魔法式的輸出程序

❶從CAD接收啟動式，這個步驟稱為「讀取啟動式」。
❷在啟動式加入變數，送入魔法演算領域。
❸依照啟動式與變數構築魔法式。
❹將構築完成的魔法式，傳送到潛意識領域最上層暨意識領域最底層的「基幹」，從意識與潛意識之間的「閘門」輸出到情報體次元。
❺輸出到情報體次元的魔法式，會干涉指定座標的個別情報體進行改寫。

「實用等級」魔法師的標準，是在施展單一系統暨單一工序的魔法時，於半秒內完成這些程序。

魔法的評價基準（魔法力）

構築想子情報體的速度是魔法的處理能力、
構築情報體的規模上限是魔法的容納能力、
魔法式改寫個別情報體的強度是魔法的干涉能力，
這三項能力總稱為魔法力。

始源碼假說

主張「加速、加重、移動、振動、聚合、發散、吸收、釋放」四大系統八大種類的魔法，各自擁有正向與負向共計十六種基礎魔法式，以這十六種魔法式搭配組合，就能構築所有系統魔法的理論。

系統魔法

歸類為四大系統八大種類的魔法。

系統外魔法

並非操作物質現象，而是操作精神現象的魔法統稱。
從使喚靈異存在的神靈魔法、精靈魔法，或是讀心、靈魂出竅、意識操控等，包括的種類琳琅滿目。

十師族

日本最強的魔法師集團。一条、一之倉、一色、二木、二階堂、二瓶、三矢、三日月、四葉、五輪、五頭、五味、六塚、六角、六鄉、六本木、七草、七寶、七夕、七瀨、八代、八朔、八幡、九島、九鬼、九頭見、十文字、十山共二十八個家系，每四年召開一次「十師族甄選會議」，選出的十個家系就稱為「十師族」。

含數家系

如同「十師族」的姓氏有一到十的數字，「百家」之中的主流家系姓氏也有十一以上的數字，例如「『千』代田」、「『五十』里」、「『千』葉」家。
數字大小不代表實力強弱，但姓氏有數字就代表血統純正，可以作為推測魔法師實力的依據之一。

失數家系

亦被簡稱「失數」，是「數字」遭受剝奪的魔法師族群。
昔日魔法師被視為兵器暨實驗樣本的時候，評定為「成功案例」得到數字姓氏的魔法師，要是沒有立下「成功案例」應有的成績，就得接受這樣的烙印。

各式各樣的魔法

● 悲嘆冥河
凍結精神的系統外魔法。凍結的精神無法命令肉體死亡，
中了這個魔法的對象，肉體將會隨著精神的「靜止」而停止、僵硬。
依照觀測，精神與肉體的相互作用，也可能導致部分肉體結晶化。

● 地鳴
以獨立情報體「精靈」為媒介振動地面的古式魔法。

● 術式解散
把建構魔法的魔法式，分解為構造無意義的想子粒子群的魔法。
魔法式作用於伴隨事象而來的情報體，基於這種性質，魔法式的情報結構一定會曝光，無法防止外力進行干涉。

● 術式解體
將想子粒子群壓縮成塊，不經由情報體次元直接射向目標物引爆，摧毀目標物的啟動式或魔法式這種紀錄魔法的想子情報體，屬於無系統魔法。
即使歸類為魔法，但只是一種想子砲彈，結構不包含改變事象的魔法式，因此不受情報強化或領域干涉的影響。此外，砲彈本身的壓力也足以反彈演算干擾的影響。由於完全沒有物理作用力，任何障礙物都無法防堵。

● 地雷原
泥土、岩石、砂子、水泥，不拘任何材質，
總之只要是具備「地面」概念的固體，就能施以強力振動的魔法。

● 地裂
由獨立情報體「精靈」為媒介，以線形壓潰地面，
使地面乍看之下彷彿裂開的魔法。

● 乾冰雹暴
聚集空氣中的二氧化碳製作成乾冰粒，
將凍結過程剩餘的熱能轉換為動能，高速射出乾冰粒的魔法。

● 迅襲雷蛇
在「乾冰雹暴」製造乾冰顆粒時，凝結乾冰氣化產生的水蒸氣，
溶入二氧化碳氣體使其形成高導電霧，再以振動系與釋放系魔法產生摩擦靜電。以溶入碳酸的水霧或水滴為導線，朝對方施展電擊的組合魔法。

● 冰霧神域
振動減速系廣域魔法。冷卻大容積的空氣並操縱其移動，
造成廣範圍的凍結效果。
簡單來說，就像是製造超大冰箱一樣。
發動時產生的白霧，是在空中凍結的冰或乾冰。
但要是提升層級，有時也會混入凝結為液態氮的霧。

● 爆裂
將目標物內部液體氣化的發散系魔法。
如果是生物就是體液氣化導致身體破裂，
如果是以內燃機為動力的機械就是燃料氣化爆炸。
燃料電池也不例外。即使沒有搭載可燃的燃料，無論是電池液、油壓液、冷卻液或潤滑液，世間沒有機械不搭載任何液體，因此只要「爆裂」發動，幾乎所有機械都會毀損而停止運作。

● 亂髮
不是指定角度改變風向，而是為了造成「絆腳」的含糊結果操作氣流，以極接近地面的氣流促使草葉纏住對方雙腳的古式魔法。只能在草長得夠高的原野使用。

〔0〕

這裡是北美利堅合眾國（不是美利堅合眾國北部，是以北美利堅大陸為版圖的合眾國）德克薩斯州，達拉斯郊外的達拉斯國立加速器研究所。全長三十公里的線性加速器，正要以多次元理論為基礎，進行微型黑洞的製造與蒸發實驗。

實驗早在兩年前做好準備，卻因為無法全盤預測風險而遲遲沒付諸實行。如今促成實驗進行的動力，是上個月底在極東發生的事件。

瞬間消滅朝鮮半島南端軍事都市與艦隊的大爆炸。那並不只是個單純的事件，形容為大事件也不為過。

原因不在破壞規模，在於推測出來的破壞手段。

國防總署的科學家團隊進行激烈討論後，達成這場爆炸是質能轉換所導致的共識。三年前只不過是部分學者的假設，這次則是成為科學家們的一致見解。

從推測所得的爆炸規模反向計算，化為能量的質量約一公斤——即使至今的觀測案例沒有這種程度的質量反應，湮滅反應會造成何種現象，也已經使用實驗裝置詳細觀測得知。

不過，偵察衛星所記錄的本次「大爆炸」資料，和實驗設施觀測到的湮滅反應資料對照，並沒有一致的特徵。也沒有測量到核分裂或核融合的殘留物質。無論這是科學技術或魔法技術，都肯定意味著已經有人以他們不曉得的方式，將引發高能爆炸的技術實用化了。

這個結論造成USNA高層的焦慮。

假設這是魔法造成的，即使無法模仿也在所難免。因為魔法即使逐漸系統化，依然屬於個人天分的範疇。

但是，他們甚至不曉得這個現象究竟以何種機制造成，這麼一來就無法檢討對策。要是這副利牙朝向他們，只能束手無策地任憑對方蹂躪。

這真的是惡夢。

那場爆炸是怎麼回事？連關於質能轉換系統的線索也掌握不到嗎……這就是微型黑洞製造蒸發實驗付諸執行的臨門一腳。

黑洞蒸發導致質能轉換時觀測得到的現象，已經在理論層面進行詳細推測。微型黑洞實驗原本就是用來驗證這個假設。而且在這次「大爆炸」觀測到的資料，和理論預料的並不一致。

不過USNA的科學家們認為，相較於湮滅反應，霍金輻射是並未充分觀測到的現象，觀測到的資料可能不會完全落在理論預測的範圍之內。

「或許」可以觀測到和「大爆炸」一致的特徵。這個機率也不是零。

此時，USNA的高層在心態上已經走投無路，甚至以如此脆弱的根據，批准進行了這場危險的實驗。

甚至無視於未知的風險。

這麼做的報應即將襲擊他們。不對，是襲擊整個世界。

在沒人察覺的狀況下，災禍悄然接近。

【1】

西元二〇九五年也已經剩下一個月。

回想起來，這一年忙得不可開交。回顧這一年的達也深刻體認這一點。四月對付恐怖分子、八月對抗國際犯罪集團、十月抵禦外國侵略。再怎麼動盪也該有個限度才對。

不過，達也還沒有餘力好好回顧今年一整年。不是基於「還有一個月。凡事都得結束才知道是何種狀況」這種處世箴言的意思，是基於更迫在眉睫的現實理由。

「……嗚啊～！看不懂！」

「吵死了！別大叫啦！好煩！」

「雷……雷歐同學與艾莉卡，兩位都冷靜一點……」

這是無論國中、高中或大學，只要具備學生身分就恨之入骨的天敵、無法避免的障礙、非得跨越的高牆——期考即將來臨。

老班底聚集在雫的家——應該說宅邸。

達也、深雪、艾莉卡、雷歐、美月、幹比古、穗香、雫。之所以全員到齊無人缺席，是為了舉辦讀書會應付期考。

雖說是讀書會，但若只論筆試，場中成員的成績幾乎都很優秀。唯一例外的雷歐也只是成績比較普通，不用擔心不及格。非得擔心不及格的反而是實技，但這不在讀書會的守備範圍。

雖然偶爾有人怪叫，但氣氛大致祥和，有如茶會一般——直到雫語出驚人。

「咦？雫，妳可以再說一次嗎？」

「其實我要去美國留學了。」

穗香慌張地回問，雫以完全相同的語氣，回以每字每句都不變的回應。

「我怎麼沒聽說！」

「抱歉，因為直到昨天我都被要求保密。」

穗香臉色大變地靠過去，雫只有在這個時候，露出任何人都看得出來的愧疚表情低下頭。看雫的樣子就明顯知道她其實也想早點說出這件事，因此穗香沒有多說什麼。

「不過，妳可以留學？」

艾莉卡這句話，並不是在懷疑雫的（外語）學力。

在這個時代，為了避免遺傳基因——也就是軍事資源外流，政府非正式且實質限制高階魔法師出國。

USNA表面上是日本的同盟國，卻是西太平洋區域的潛在競爭國。按照常理不可能獲准到美國留學。

「嗯，不知為何獲准了。爸爸說，因為是交換留學。」

「為什麼是交換留學就可以獲准？」

「不曉得。」

美月的疑問很中肯，要責備一起歪頭納悶的雫也很過分。既然是交換留學就無妨——這種邏輯連達也都完全無法理解。

「要去多久？什麼時候出發？」

即使硬是嘗試理解，情報也完全不足。達也決定放棄無謂思考，思索當前該做的事。

「過完年就出發，時間是三個月。」

「三個月啊……別嚇我啦。」

穗香聽完雫的回覆鬆了口氣。看來她以為是更長期的留學。

依照達也的「常識」，即使是三個月也太久了（政府居然批准的意思）。

不過，這也是不重要的小事。

「那就得舉辦歡送會了。」

達也向朋友們提議這個「當前該做的事」。

◇◇◇

期考順利結束，今天是十二月二十四日星期六。是第二學期最後一天，也是聖誕夜。

在經過了第三次世界大戰的現在，日本人依然不執著於宗教信仰。這並不是不信教的意思，應該是日本人潛意識將一神教的唯一神也視為眾神之一。所以無論是元旦或聖誕節，都以相近的感覺慶祝。

市區完全是聖誕節的氣氛。

或許改為「完全是聖誕搶錢大作戰的氣氛」才是正確的形容方式，但是以這種說法冷嘲熱諷遭到孤立的人才是愚不可及。如果沒任何人陪伴就算了，在可愛（！）女生圍繞之下，只有笨蛋才會自命不凡地愛搞怪，對開心享受的朋友們潑冷水（這個例子一般當然適用在男性，如果是女性，或許得改為「在帥氣男生包圍之下」）。

是的……比方說明明是「歡送會」，卻刻意挑十二月二十四日舉辦，眼前擺著一個又圓又大的鮮奶油蛋糕，蛋糕上還裝飾著寫上「MERRY XMAS」的白巧克力板。即使如此，也不能說這個樣子「很奇怪」……何況依照這間店的作風，上面的文字不應該是「XMAS」，而是「WEIHNACHTEN」才對，這部分或許也該說聲「敬請見諒」吧。

「哥哥，您在意什麼事嗎？」

達也說聲「沒事」搖頭回應。妹妹身上明明是制服，卻如同盛裝打扮般釋放華美風采。

是的，沒事。非得沒事才行。不能讓主賓覺得不悅。因為今天的他是負責招待的一方。

「大家手上都有飲料了？那麼，雖然和歡送會的主旨有點不同，但難得店家幫忙準備蛋糕，就用這句話乾杯吧……聖誕快樂。」

「聖誕快樂！」

達也以沉穩的聲音帶頭乾杯，朋友們則是高舉玻璃杯，以響亮的歡慶聲回應。

咖啡廳「艾尼布利榭」的門口，掛著「本日包場」的牌子。

◇　◇　◇

隔著太平洋的北美大陸中部，還處於聖誕夜的前一晚，時間正要換日進入二十四日。

日本人大多只把聖誕節當成單純的節日，相較之下，美國人即使歷經長達二十年的戰爭，或許正因為歷經戰爭，所以包含戰後才成為「美國人」的民眾在內，都遠遠更加真摯、虔誠，或是熱中於迎接聖誕。人們已早早熟睡，準備迎接明天的聖誕夜——本應如此。

然而在聖誕夜前一天的這個深夜，USNA南部首屈一指的大都市——德克薩斯州達拉斯市的街角，看得見黑影暗中活躍。

沿著各大樓樓頂跳躍移動的人影。

此外，數人從空中包圍這個可疑人物。這些人使用剛普及的飛行魔法特化型ＣＡＤ，看來應該是警方或軍方的魔法師。

「亞弗列德．佛瑪浩特中尉，停下來！你應該早就知道逃不掉了！」

戴面具遮住眼睛周圍的嬌小人影，擋在逃走者的正前方。

少女尖聲勸降。逃走者亞弗列德．佛瑪浩特頓時停下了腳步。不曉得是從她的嬌小身軀中看見了什麼。

「……弗雷迪，究竟是怎麼回事？榮獲一等星代號的你，為什麼要逃離部隊？」

蒙面少女如此詢問。她的語調頓時從盛氣凌人變成符合她實際年齡，包含不安與困惑情緒，有點稚嫩的語氣。

「…………」

然而，對方沒有回應。

「有人說，在這座城市中所發生的連續燒殺命案，是你的引火念力造成的。你應該沒有做這種事情吧？」

「…………」

「弗雷迪，請回答我！」

對方以話語以外的形式回答。

少女連忙向後跳。

只有纏在肩膀上的披肩留在原地。

大幅展開包覆少女身體的披肩，在毫無火種的狀況下點燃，隨後燃燒殆盡。

引火念力。

不是系統化的現代魔法，是曾被稱為「超能力」的個人專屬特異能力。

少女在紫黑色制服外面圍上披肩，包圍男性的所有人也各自穿著披風、斗篷這種易脫的防寒衣物。這並非用為原本的防寒用途，而是從這名男性以視線為契機發動的超能力保護自己。

披肩的火焰消失的同時，男性周圍所有的光芒都消失了。

以目標為中心，在固定的相對距離反轉光線路徑，使外界光線無法射入，將對方完全封閉於黑暗之中的領域魔法——「鏡面牢籠」。

這是包圍的其中一人所發動的防禦術式，藉以封鎖對方以視線為契機發動的超能力。

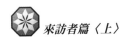

「佛瑪浩特中尉，我要以基於聯邦軍刑法特別條例的STARS總隊長權限，處決你！」

如同哀號的宣告。

佛瑪浩特中尉被另一個魔法束縛，在黑暗牢籠當中動彈不得。蒙面少女——STARS總隊長安吉・希利鄔斯少校，以加裝消音器的自動手槍瞄準他。

賦予強力的情報強化，可癱瘓所有魔法干涉的子彈，一槍貫穿囚禁於漆黑結界之中的佛瑪浩特中尉的心臟。

◇　◇　◇

雖說是歡送會，但早已知道到了春天就能重逢。而且這趟旅程是一般來說無法獲准的海外留學，所以好奇心或許難免更勝於落寞的心情。

「雫，你要去美國哪裡留學？」

「柏克萊。」

雫面對艾莉卡的詢問，只冷淡回應一個地名。不是因為雫不高興，是她生性如此。

「不是波士頓啊。」

美國的現代魔法研究中心位於波士頓，這是日本魔法師根深柢固的認知。深雪這句感想也來自這樣的背景。

「聽說東海岸的氣氛不好。」

雫對深雪這個問題的回應，隱含危險氣息。

「噢，記得『人類主義者』在鬧事？最近經常看新聞播報這個消息。」

幹比古附和雫的回應。

「繼獵殺魔女之後是『獵殺魔法師』？雖說歷史總會重演，這也太荒唐了。」

雷歐以冰冷語氣扔下這番話。

「並非完全重演吧？我不曉得十七世紀獵殺魔女的行徑基於什麼背景，但最近的『獵殺魔法師』似乎和新白人主義系出同源。」

達也隨即以安撫的語氣幫腔。

「不過，避開東海岸確實比較好吧。」

達也雖然在幫腔，但這番話並不是為「獵殺魔法師」辯護。

「這我就不曉得了。」

深雪一邊附和哥哥這番話，一邊以眼神要求解說。達也立刻回應妹妹的要求。

「因為只要審視活動團體的成員名冊，看到相同人名的機率很高。成員名冊不是檯面上隨時能調閱的東西，妳不曉得也難免。」

「感覺達也同學這番話的犯罪氣息更重……這種陰沉的話題還是打住吧。」

艾莉卡刻意逗趣地搖頭示意。達也與深雪露出苦笑，點頭回應。

達也自覺這個話題暗藏火藥味，確實不太適合現在的場面。

「知道是誰會代替妳而來嗎？」

深雪話題轉換得有點唐突，大概是對於氣氛改變感到需要負責。

「代替？」

「是交換留學吧？」

正如預料，雫只聽一次似乎聽不懂，但深雪再度詢問之後，雫露出恍然大悟的表情——但依然很難看出她的表情變化。

「好像是同年紀的女生。」

「不知道進一步的情報？」

「嗯。」

在眾人露出「只有這樣？」的表情時，達也笑著如此詢問。雫理所當然般點頭回應。

「……說得也是。即使再怎麼在意取代自己的是什麼樣的人，也沒人願意說吧。」

美月如此低語，於是這個話題就此結束。

既然是在今天舉辦歡送會，各位就已經明白，聚集在這裡的八人都沒有其他的聖誕夜行程。雫、艾莉卡與幹比古家裡沒活動令人有些意外，不過北山家、千葉家與吉田家都是舉辦適合成年人的宴會，先不提家長們的想法，高中一年級的孩子沒有參與的餘地。

他們也不是沒受到青春誘惑的驅使，想要痛快玩通宵加深友誼，不過很可惜他們穿著制服，不能玩到三更半夜。

「畢竟待太久也對店長不太好意思。」

假裝天真、實則充滿邪惡的這句話擊垮了店長之後（是誰講出這句話，這裡就不刻意公開了），八人踏上歸途。

穗香和雫搭同一班電車，大概是要住雫家吧。雖然在魔法科高中並不稀奇，但穗香和家裡的關係不是很親密。

艾莉卡、雷歐、美月、幹比古各自搭乘不同車輛。彼此似乎也稍微期待會發生什麼意外的插曲，但四人看起來都還沒達到那個階段。

至於達也與深雪當然不可能發生任何插曲，感情融洽地並肩搭乘兩人座車廂返家。車廂裡表面上是私密空間，但達也從未忘記過「隔牆有耳」這句諺語。講到深入的話題時，他總是以專有名詞含糊帶過。深雪也明白這一點，她一直洋溢著欲言又止的氣息，直到踏入家門、在客廳靜下心來休息，才實際提出想說的話題。

「雫這次留學，我實在覺得很奇妙。」

各自換上居家服，準備好兩人份的咖啡，並肩坐在沙發上之後，深雪說出這個意見。

「奇妙……說得也是。」

受到咖啡杯離口的達也默默催促，深雪猶豫地說出自己想到的問題點。

「首先，雫這麼具備魔法天分的人獲准留學很不自然。直到剛才，我解釋成雫不是以魔法學習者的身分，而是以大企業家女兒的身分留學。但是這樣的話，她不曉得交換留學的對象就很奇怪了。仔細想想，忽然在這個時期留學，我也覺得一定有隱情。感覺就像是……」

「就像是要調查我們的底細，而暗中蓄意安排的？因為依照姨母大人她的說法，我們似乎是『嫌疑人』呢。」

達也微微一笑，置身事外般低語。

「質量爆散。旁人果然無法坐視吧。」

深雪吞吞吐吐不敢說的話語，哥哥卻一字不差地親口說出來。深雪聽完後睜大雙眼，同時露出放下心中大石頭的笑容。

「這樣啊……哥哥也這麼認為吧？」

「如果只有留學生前來就算了，但若加入姨母大人的『忠告』考量，認定是巧合也實在太悠哉了吧。」

達也已經在當天告知深雪，當時和真夜一對一會談的內容。包括他們被懷疑什麼，以及是被「誰」所懷疑。

「那麼，果然是STARS……？」

「這麼一來，姨母大人禁止我們和少校他們接觸，對我們相當不利。」

達也未經事前許可就使用戰略級魔法，因此真夜暫時禁止他和獨立魔裝大隊聯繫作為懲罰。達也完全不想乖乖聽命，但是只要利益沒大於風險，他也不會刻意違背命令。

「即使請教姨母大人……她應該也不會說吧。」

「到頭來，在留學即將成真的時間點，很顯然姨母大人就默認這件事。」

四葉是現任十師族，處於和七草爭奪主導權的地位，不可能不知道「擁有優秀魔法天分的魔法科高中生出國留學」這種反常事態。

「但是反過來說，我認為並不是對我們有弊無利。如果只是來調查底細，姨母大人肯定不會放過對方。大概是美國也發生什麼麻煩事吧。姨母大人或許是要我們查明箇中真相。」

達也的表情與其說是苦笑，更像是死心的笑容。

「畢竟還不能這樣斷定……我覺得急於推測也不太好。」

「說得也是。深雪，妳說得對。」

達也嘴裡這麼說，但是安慰與被安慰的雙方，都確信這只是一時寬心的話語。

◇　◇　◇

安吉・希利鄔斯——安潔莉娜・希利鄔斯少校，搭乘STARS的集束風扇垂直起降專機回到基地，以編碼通訊回報統合參謀總部之後，沒換掉制服就倒在自己臥室床上。

她就這麼翻身趴著，將臉埋進枕頭。

行刑任務執行再多次都不會習慣。雖然不會和剛開始一樣在任務結束之後嘔吐，但這只不過是因為身體習慣了內心的痛楚。

內心的痛楚反而更是加深。

「美籍」的「魔法師」，USNA軍統合參謀總部直屬魔法師部隊「STARS的成員」。基於三重意義算是同胞的隊員，由她親手行刑。

這是擁有「天狼星」代號的總隊長應負的任務。她當初知道時，並沒有實際的感觸。榮獲名譽而歡欣鼓舞的她，不知道「殺害同胞」的意義。

她再度翻身，單手遮擋刺眼的光線。她甚至還沒關掉房裡的燈。

這時，忽然響起門鈴聲。希利鄔斯少校嘴角浮現苦笑。

愛管閒事的部下，今晚似乎也來察看狀況了。

STARS是由十二支部隊所組成，各隊長形式上由總隊長統管。她的部下是非得照顧自己部隊的隊長。

照理說，明明沒空管她的閒事才對——

「請進。」

希利鄔斯少校從床上起身，以遙控器開鎖之後，朝對講機麥克風如此簡短回應。

「打擾了，總隊長。」

進來的人物正如預料。是STARS的第二把交椅，她不在時代理總隊長職務的第一隊隊長——班哲明．卡諾普斯少校。

在STARS，地位和軍階沒有關連性，編制上和軍方組織有些出入。至今並發生沒有哪個隊長的地位高於總隊長的狀況，但總隊長和隊長軍階相同並不稀奇。

現在也一樣。十二名隊長之中六人是上尉，另外六人是和總隊長相同軍階的少校。

不過希利鄔斯少校非但沒有對此不滿，甚至很在意年長許多的卡諾普斯軍階和她相同。

「這是慰問品。」

班哲明．卡諾普斯少校是年約四十歲的男性。外貌看起來完全是高階軍官，洋溢著剛健又瀟灑的氣息，和千錘百鍊的士兵或民間企業家不同。

「班，謝謝你。」

放在邊桌的是熱騰騰的蜂蜜牛奶。面對年齡如同父親的部下所表達的這份關懷，希利鄔斯少校率直地接受了。

加入蜂蜜的熱牛奶，不是裝在作戰行動時使用的軍用隨行杯，而是從保溫瓶倒入市售的時尚馬克杯中。希利鄔斯少校輕輕拿起杯子飲用。

溫暖與甘甜，彷彿治癒了內心的傷痛。

「不用客氣。話說總隊長，您準備好了？」

卡諾普斯少校看著堆在房間一角的個人行李箱，如此詢問。

「嗯，大致完成了。」

「真是俐落又高明，了不起。」

「因為我好歹是女生。」

對於年紀如同自己女兒的長官這番回應，卡諾普斯少校聳了聳肩。實際上，他確實有個比長官小兩歲的女兒。

「但我覺得這和您是女生沒什麼關係……是基於日本人的血統？」

「『日本人生性一絲不苟』的說法，我覺得過時了。」

希利鄔斯少校聽到體內四分之一的血統被這麼說，這次輪到她聳肩回應。

她並不是對此反感。

在意人種的人，至少無法待在這個STARS部隊。

「總之，不提這個……請暫時忘記您所肩負的任務，好好充個電吧。」

「這不是休假，是特殊任務……」

希利郞斯少校不禁噘嘴回應卡諾普斯少校悠閒的慫恿。

這個表情，和同年紀的女孩相符。

「我反倒很憂鬱。居然要我查出嫌疑人是不是戰略級魔法師……如果肯定是兩個嫌疑人之一就算了，但很可能兩人都不是吧？為什麼要我進行我不熟練的臥底調查……即使有年齡限制，明明還是有許多受過專業訓練的人選吧？」

希利郞斯少校所接到的任務，是調查十月底在極東觀測到的、疑似戰略級魔法的大爆炸執行者，也就是查出術士的真實身分。情報局鎖定的五十一名嫌疑人之中，有兩人是就讀東京某高中的學生，因此命令年紀相近（其實他們湊巧同年）的希利郞斯少校臥底調查。

「別氣別氣。」

卡諾普斯少校伸出雙手前後移動兩次，安撫這位嘆氣的長官。

「參謀總部應該是判斷他們不好應付吧。如果目標人物正如我們這邊的推測，代表這個術士能使用危險程度凌駕於戰略核武的魔法。而且我們查不出對方的真實身分。參謀總部在指派人選的時候，比起諜報經驗更重視戰鬥力，這也不是無法理解的事。」

「這我知道，可是……」

「嫌疑人是高中生，所以同樣派高中生過去接觸——我認為這個計畫有點草率，但是負責調查的人不只是總隊長而已。」

雖是理所當然，但希利鄔斯少校和嫌疑人接觸時，背地裡也有許多「專家」進行側面調查或提供後援。STARS也預計派出行星級魔法師，直接在少校身邊輔佐。她不可能不知道這點。

「這我也知道，可是……」

因此，希利鄔斯少校如此回答，也可說是理所當然。

「不然您試著這麼想吧。總隊長的職責是接觸嫌疑人，暗中試探對方。」

「總之……這樣還算是可以接受吧。因為我的諜報技能幾乎等同於外行人。」

「既然這樣，我覺得您更應該放輕鬆並樂在其中，不然就虧大了。而且我認為這樣比較容易誘使對方露出破綻。」

「唔……說得也是。或許正如班所說吧。」

希利鄔斯少校嘆出長長一口氣，將馬克杯放回邊桌，起身站在卡諾普斯少校正前方。

「班，我不在的時候麻煩你了。其餘的逃兵還沒完全處決，在這樣的狀況下，原本應該由我承擔的責任卻交給你，我很過意不去……但我能委託代理的只有你。」

「總隊長，請交給我吧。雖然現在說有點早，不過祝您一路順風。」

卡諾普斯少校以蘊含慈祥之意的笑容敬禮，於是少女以感謝的笑容回禮。

西元二〇九六年的元旦，達也與深雪一如往常地兩人共度。

父親今天也到前任情婦——現在的後妻家過年。對達也他們來說，這樣在各方面也可以免於尷尬，所以他們對此沒有意見。

即使是元旦，達也與深雪也和自甘墮落的生活無緣。和上學時間差不多的這個時刻，在玄關等待的達也，聽到深雪「讓您久等了」的聲音而揚起視線。

深雪身穿紅色光澤布料為底，以白色與淡紅色畫上牡丹花的和服，文雅地走下階梯。

無須上白粉的白皙臉蛋，只有嘴唇以一抹鮮紅點綴。

髮簪垂飾在綰起的頭髮微微搖曳，令人覺得有點孩子氣，卻反而在成熟的美貌之中，醞釀出符合年齡的可愛氣息，成為迷人的亮點。

吸引目光的，不只是天生的美貌。

自古相傳的女性和服會壓迫胸部，所以最近開始出現立體剪裁的和服，但是深雪以傳統和服凸顯婀娜的柳腰與豐滿的胸前曲線，並且典雅地遮掩領口肌膚，展現絕妙的著裝技巧。

世上最嬌憐（達也認真這麼認為）的妹妹展露此等豔姿，達也身為哥哥感到驕傲。

「嗯，非常美麗。」

達也正面看著穿鞋的妹妹，毫不害羞地稱讚。

深雪的臉頰立刻染成朱紅。

「哥哥真是的……請不要逗我。」

深雪即使害羞也沒移開雙眼，而是揚起視線抗議。這張嬌容的破壞力，足以使沒有免疫力的男性迷戀到升天。

「我並非在逗妳就是了……那麼，出發吧。」

泰然自若地承受妹妹媚姿的達也，或許該說真不愧當了深雪的哥哥十六年（正確來說是十五年九個月）吧。

門口停著一輛無人駕駛的通勤車。雖說是無人駕駛，車上並非無人。四人座的通勤車後座，坐著一名成年男性與一名成年女性。

「師父，新年快樂。」

「九重老師，新年快樂。今年也請您多多指教。」

達也簡短問候、深雪恭敬鞠躬，八雲坐在車上以愉快笑容回應。

「哎呀，妳今天更加嬌豔了，美如吉祥天。若是須彌山的仙女看見今天的深雪，或許會羞愧到躲起來吧。」

就某種意義來說，很像八雲會有的反應。

「老師……您應該有其他更該說的話吧？」

坐在旁邊的女性如此吐槽。

被搶話的達也，在八雲回應吐槽之前，向這名女性微微低頭致意。

「小野老師，新年快樂。不過，讓別人看見您和師父在一起沒問題嗎？」

「司波同學，新年快樂。你剛過年就問了這個討厭的問題。」

達也自認頗為由衷地擔心，但遙似乎解釋為挖苦了。達也想到平常的所作所為在各方面有所冒犯，心想「她或許難免誤會」而暗自聳肩。

「我是湊巧遇見老師。今天我是來帶領你們的。」

「原來如此，是這個設定啊。我覺得『帶領高中生』聽起來有點牽強……不過既然這樣，您使用『老師』這個敬稱不太妙吧？」

達也的指摘，使得遙在後座板起臉。

在這個時代，既然已是高中生，只是在大白天進行新年參拜，確實不需要成人陪同。要講藉口的話，其實不應該用「帶領」，單純用「同行」就好。

何況明明只是巧遇，而且八雲不是教員，她卻敬稱為「老師」，有著引人起疑的危險。

「這種事在路上再想。我們差不多該出發了吧？」

深雪如此提議時，達也已打開車門。他不理會深思的遙，牽著深雪協助上車，關上車門後走到另一邊，坐進相當於一般車輛的駕駛座位置。達也鎖上車門的同時，通勤車朝車站起步。

一行人在許多人的注目之下，到車站轉搭電車。離開四人座車廂之後，同樣在眾多路人的注目之下，徒步五分鐘來到會合場所。

「哇，深雪，妳好漂亮！」

這是達也與深雪抵達會合場所時的第一聲迎接。身穿連身長裙加披毛領大衣的美月，朝深雪投以陶醉的目光。視線熱情到令人懷疑她是否有看見一旁的達也。

「達也同學，新年快樂。雖然有點意外，但這身打扮很適合你。」

和深雪同樣身穿和服的穗香，大概是懾於同班同學的豔姿，一開始有些怯懦。但她或許是看見達也樸素卻和平常不同的氣息而恰好轉移了注意力，立刻恢復元旦應有的笑容。

「新年快樂。穗香穿這樣也很合適。」

實際上，穗香確實很適合穿和服，因此達也不覺得自己在說客套話。

穗香開心地投以笑容，達也回她一個微笑，俯視自己的服裝。

「不過，既然妳說意外，代表還是有點突兀？」

「沒那回事吧？達也，這樣很適合你。如同幫派少主一樣，很有氣勢。」

「當我是黑道？」

雷歐以很難判斷是否當真的語氣附和。他穿著普通的外套，應該是平常的便服。

在這裡會合一起新年參拜的是美月、穗香與雷歐三人。艾莉卡與幹比古家有許多門徒，他們忙於打理家裡的事抽不開身。雫不只是留學將近，也因為父親工作的因素，同樣沒空過來。

「看起來不像黑道，但我確實認為，能把短褂加裙褲的男用和服穿得這麼體面的高中生很罕見。只是這樣而已。」

「與其說是黑道，更像是江戶時代的捕快。」

如同晚一步跟來的遙與八雲所說，今天達也是短褂、裙褲加竹皮草鞋的純日式衣著。而且如穗香與雷歐所說，這副打扮真的很合適。他們甚至覺得，達也沒在腰間佩帶大小兩把日本刀加警棍是美中不足。

「咦，是小遙。新年快樂。」

「小野老師，祝您新年快樂……達也同學，這位是？」

雷歐隨口向遙賀年。穗香接著說出制式賀年詞，然後看向八雲，有所顧慮般詢問達也。

「這位是九重寺的住持——八雲和尚。在我們之間，或許介紹他是忍術師——九重八雲大師比較好懂？他是我的體術老師。」

穗香與美月聽達也介紹之後睜大雙眼。達也認為穗香應該知道八雲這個名字，卻沒想到美月也知道八雲這個人。

「原來如此，所以才說要到日枝神社參拜啊。」

雷歐朝意外的方向披露知識，使達也嚇了一跳。這絕對不是因為他瞧不起雷歐。

「『所以』是什麼意思？」

看遙完全聽不懂，就知道這應該不是常識。

「嗯？既然稱呼為和尚，就是天台宗的僧人吧？日枝神社的山王信仰，和天台密教的關係不是密不可分嗎？」

雷歐以一副「為什麼問這種問題？」的表情簡潔說明，但遙頭上的問號反而增加。

「你這麼年輕，卻還真是博學多聞啊。記得你是西城雷歐赫特吧？」

八雲無視於這樣的遙，愉快地朝雷歐搭話。

「咦？您認識我？」

彼此是第一次見面，因此雷歐提出這個理所當然的問題。

「因為我看過九校戰的記錄影片。」

八雲也是毫不掩飾地直接回應，但雷歐聽完反射性地拉下表情。大概是回想起當時像是搞錯時代與場所的長披風吧。看來這是他想忘掉的一段記憶。

介紹完彼此之後，五名同學、一名光頭男性（但沒穿袈裟，是一般男用衣物）與一名年輕女性，七人陸續走向神社主殿——幸好沒人問遙為何一起來。

參拜道路兩側並排各種攤販的光景，幾乎和一百年前相同。不過這也是世界嚴重陷入糧食危機時一度消失的風景。知道當時狀況的長輩們，看到這一幕感觸良多。但是很抱歉，達也他們和這樣的感傷無緣。

眾人沒特別繞路，爬上長長的階梯穿過神門，進入參拜殿前方的中庭。走到這裡，達也忽然感受到視線。

不是沒禮貌盯著打量的視線，是不時窺視的視線。

「司波同學，你心裡有底嗎？」

「沒有。」

「達也的穿著看在異邦人眼裡，難道很稀奇？」

對方頗為高明地裝作不經意看見，卻瞞不過遙與八雲的眼睛。既然沒使用精靈之眼的達也都能察覺，先不提遙，八雲當然察覺得到。

如同八雲形容成「異邦人」，對方是典型的金髮碧眼，而且是年輕女性。不過在這個時代，即使是這種外型也不見得是外國人。何況這名少女的長相，隱約給人日本人的印象。

年紀大概和達也他們差不多。考量到白種人與黃種人的差異，也可以看成比達也他們年輕，但對方的日本血統似乎沒那麼淡，達也由此判斷對方年紀應該不會比他們小很多。

「哥哥，請問您在看什麼？」

達也觀察這名少女的時間不到一秒，卻足以令深雪察覺。她循著哥哥的視線殘影看去，如同要驚呼般揚起眼角。

「……好漂亮的女生。」

深雪如此低語。平坦的語氣完全表達她內心的想法。

這名女孩確實是深雪形容為「漂亮」也不算挖苦的美少女。色澤亮麗的頭髮與雙眼，就某種意義來說，是和深雪相對的美貌。

不過，達也絕對不是以這種心態觀察少女。

達也將視線投向八雲求助——看他老大不小還咧嘴笑成那樣，達也領悟到只能靠自己。

達也正面注視妹妹的雙眼，以平淡的語氣回應深雪的細語。

「但她比不上妳。」

「……請不要以為這種哄騙方式永遠有效。」

光看字面的話是強力的反擊，但深雪臉頰羞紅，眼神游移不定，以藏不住喜悅的語氣講出這種話，所以一點都不恐怖。

「這不是哄騙。我打從心底這麼認為，也不是以那種心態看她。」

「哥哥真是的！」

深雪很想撇過頭，卻察覺達也這番話暗藏無法忽略的玄機。

「……她有什麼可疑之處嗎？」

「要說可疑之處……她的穿著就很可疑。」

達也以隨時會發出苦笑的語氣回應妹妹。深雪順著這句話再度偷看金髮碧眼的少女，差點就認同哥哥了。

亮米白色的短大衣、荷葉邊下襬的裙子、花紋褲襪加長靴。光是聽這樣的描述，並沒有任何奇怪的地方。但短大衣長度只到下襠十公分，裙子長度也差不多，搭配起來只看得見裝飾裙襬的繽紛荷葉邊。直筒靴長到過膝而且鞋底特別厚，搭配隱約看得見肌膚的蕾絲花紋褲襪。此外像是人造毛邊的手套、動物花紋的軟帽。和現在的流行趨勢相比，她的服裝令人覺得非常不搭，看起來是隨意混合「戰前」辣妹時裝的風格。身為男性的達也難免感覺格格不入。

不過深雪知道，哥哥不會認真在意這種表面的事情。

「但是，不只如此吧？」

深雪朝少女投以和剛才不同，蘊含強烈意志的視線。

少女不曉得是否察覺，以若無其事的表情開始行走。

走向達也他們。

就這麼不發一語地擦身而過，沿著長長的階梯離去。

擦身而過時，對方似乎投以若有含意的視線。這絕對不是達也的錯覺。

◇　◇　◇

安潔莉娜．希利鄔斯少校受命的任務是臥底調查，也具備強烈的聲東擊西要素。其中一個環節就是確認目標對象的容貌，同時讓對方看見自己的容貌。看來這趟初次接觸的過程很順利。她原本擔心隱藏氣息接近過去是否不會被發現，但正如部下所說，這僅是杞人憂天。不過對方輕易就察覺，就某方面來說也難以釋懷。希利鄔斯少校思索著這件事開門，回到本次任務當成生活據點的住處。

「歡迎回來。」

希利鄔斯少校以為同居人應該還沒回來，對方卻出乎預料從房內出聲迎接。

「希兒薇，妳回來啦。」

少校以暱稱呼喚專程來玄關迎接的年長同居人。

同居人名為希兒薇雅．瑪裘利．法斯特。除了希兒薇雅這個名字外都是代號，瑪裘利．法斯特意味著STARS行星級魔法師「水星」的第一順位。階級是准尉。年齡二十五歲。年紀輕輕就得到「第一」的代號，可見這名女性准軍官的能力得到高度評價。希兒薇雅原本的志願不是從軍，在大學專攻媒體採訪。她這次是情報分析技能得到賞識，被提拔為希利郾斯少校的輔佐。

「希兒薇？」

本應十分能幹的這名同居人，沒回應希利郾斯少校的話語，只有頻頻打量她。覺得不對勁的少校再度詢問，於是希兒薇雅維持著凝視的視線，終於出聲回應。

「莉娜……妳這是什麼打扮？」

莉娜是希利郾斯少校「私底下」的暱稱。為了在執行臥底任務的時候隱藏身分，莉娜命令她別稱呼「總隊長」或「少校」，而是使用暱稱。希兒薇雅生性不拘小節，因此也不在意軍階與立場差距，很快就習慣使用親密的語氣。

她現在姑且算是使用了敬語，實際上不太適合對長官這樣說話，但莉娜也毫不在意。

「啊，這個嗎？為了避免不必要地引人注目，我查遍了『過去一個世紀』的日本時尚寫真資料，費了我好大的工夫。這樣合適嗎？」

「……我想在回答之前請教一個問題。」

「好的，什麼問題？」

希兒薇雅一副隨時要按住太陽穴忍受頭痛的表情，但莉娜似乎沒發現。

「那雙靴子不會很難走路嗎？」

希兒薇雅如此詢問，於是莉娜立刻正合我意般地點頭回應。

「一點都沒錯，我好幾次差點跌倒。日本女生穿這種靴子居然都不會扭到腳。」

「妳有看到其他女生穿類似的靴子嗎？」

明明說只問一個問題，希兒薇雅卻問了兩個，但莉娜不甚在意。

「咦，這麼說來，我印象中沒看過。」

希兒薇雅忍受頭痛的表情有所變化，加入了忍受嘆息的表情。

「莉娜，我就明講吧。這雙靴子落伍了。」

「咦？」

希兒薇雅這番話令莉娜睜大雙眼。希兒薇雅看到這個反應，不耐煩的情緒爆發了。

「咦什麼咦！不只是靴子，這種褲襪與帽子都落伍了。居然看百年前的資料，妳也回溯過頭了！何況這身打扮非常不搭，不是年輕女生的品味。穿成這樣應該顯眼得無以復加吧？」

受到斥責的莉娜露出尷尬表情，應該是因為心裡有底吧。老實說，她也察覺自己走到哪裡都受到注目，但她不甚在乎地認定應該因為自己是外國人，很稀奇的關係。

「即使要吸引目標注意……怎麼能讓無關的人都注意妳呢。」

希兒薇雅大概是終於忍不住，嘆出好長的一口氣。

「總隊長。」

只有語氣恭敬的冰冷話語。莉娜有種背上冒冷汗的錯覺。

「今天的後續計畫都取消吧。恕屬下冒昧，就由我瑪袞利以淺顯易懂的方式，仔細為您說明日本最近的時尚走向。」

希兒薇雅叉腰如此宣布。莉娜的戰鬥力遠遠凌駕於希兒薇雅，卻無法違抗她這番話。

◇◇◇

短暫但發生各種事的寒假結束，今天起是第三學期。

這裡提到的「各種事」，包含前往機場為雫送行，被捲入出乎意料的「揮淚道別」的戲碼（主角：穗香、雫，配角：深雪、美月）而束手無策的艱辛（蠻力不管用的意思）體驗，但達也相信這也遲早會成為一段「美好回憶」——若沒這麼相信，內心似乎會受挫。

A班今天將有一名留學生代替雫前來，總之達也置身事外。留學生和深雪同班，應該沒辦法完全劃清界線，但他沒有主動打交道的意願。

說到課業，第三學期第一天就是整天滿堂的課程。第一堂課結束時，A班的留學生早早就成為話題，達也卻沒有積極架設天線收集情報，對於傳聞也是左耳進右耳出。

但處於這種超然立場的學生果然是少數派。第二堂課下課時，好奇的朋友們也將他捲入了傳聞的漩渦。

「聽說對方是個超級美少女！」

艾莉卡有些激動，或是假裝激動地頻頻搭話，使得達也終於招架不住。

「好像有一頭漂亮的金髮，連學長姊都跑去看。」

「艾莉卡不去看？」

她講得這麼熱中，卻都是聽來的傳聞。總之達也在意起這件事，試著詢問。

「就說人太多了，我不方便擠進去。」

「原來妳也知道什麼叫作客氣？」

雷歐出言打岔的同時，迅速將手舉到頭上。

下一瞬間，他發出走音青蛙般的聲音，按著喉嚨往前彎起身體。

（既然知道會被修理，別多嘴不就好？）

雷歐被捲起來的筆記本刺到喉頭而痛苦地昏厥。達也受不了地俯視他。另一方面，現行犯艾莉卡則是不以為意地說下去。

「因為我是女生啊～即使留學生是美少女，也不會不惜你推我擠也要看她一眼。」

達也對「不想專程去看」這一點深有同感，卻覺得身為男性，必須對艾莉卡「好奇心完全等於好色心」的見解提出異議。

「畢竟在魔法科高中，連轉學生都無法想像，而且這次是留學生，難免會湧現好奇心。記得至少這十多年來沒有前例吧？」

「我不曉得以前怎麼樣，但這次似乎不只是我們學校來了留學生。」

此時插話的，是剛好從幾何準備室回來的幹比古。

「我家的門徒說，第二、第三、第四高中也有收留短期留學生。大學那邊也有好幾人以共同研究的名目前來。」

「啊，我也聽說過大學那邊的事。上次的橫濱事件顯示飛行魔法在軍事上非常實用，聽說各國都慌張得想一探究竟。」

古式魔法與現代魔法——雖然吉田家與千葉家的領域不同，卻各自擁有許多門徒，因此接收到的情報量果然和個人等級大不相同。依照剛才的敘述，ＵＳＮＡ以超乎預料的規模投入大批人員。記得十一月提到STARS是單獨採取行動，但達也推測事態可能變得更加嚴重。

「那麼，Ａ班的留學生也是間諜？」

「你啊……」

清醒的雷歐直截了當地這麼問。不只是艾莉卡，美月與幹比古也沒給他好臉色看。

「雷歐同學，這種事即使心裡這麼想，也別說出來比較好……」

「因為我們也必須以同年級同學的身分和她打交道……」

雷歐聽到美月與幹比古兩人的感想有些畏縮，但還是試著反駁。

「慢著，哪需要打交道，那個傢伙在A班吧？我們和她沒交集啊。」

「笨蛋，深雪不就在A班嗎？一個是不知道久違幾年沒出現過的留學生，一個是學生會副會長。無論基於何種形式，深雪應該都得在留學生適應學校之前負責照顧。既然和深雪有關，我們也沒辦法置身事外。」

不過，艾莉卡當場否決雷歐的反駁。

不想積極和留學生產生交集的達也，也心想「正是如此」而嘆了口氣。

這份「交集」比想像中還早來臨。不對，應該說在預料的可能性之中，最快的一種可能性毫不留情地實現了。

眾人在學校餐廳等待會合一起吃午餐。此時前來的是深雪、穗香以及一名金髮碧眼的少女。看到這名少女的達也，雖然不到驚訝的程度，卻也有種「哎呀？」的想法。

達也聽說過她頭髮與眼睛的顏色，也聽多了她是美少女的傳聞。到頭來，如果只是美少女，達也已經以深雪培養出抗性。達也感到意外的原因不是美貌，是因為她是在日枝神社遇見——應該說看見的那名少女。

「方便和各位共桌嗎？」

少女說的是流利的日語。即使講話時難免稍微強調重音，也不愧是足以來到日本留學——或者是偽裝成留學生潛入日本的人。

「當然沒問題，請坐。」

她的目光朝向達也。但達也不覺得必須刻意提防，爽快地出言回應。

「莉娜，我們先端盤子過來吧。」

「盤子……啊，是端食物的意思吧？我明白了。」

達也他們已經買好自己的份。

在深雪催促之下，三人前往供餐櫃檯。

感覺她們所經之處產生的騷動，比平常更加強烈。

其他學生像是懾於氣勢而讓路的樣子，似乎也更勝以往。

「她們兩人走在一起真有魄力耶～」

同為美少女卻不會震懾他人的艾莉卡，對這幅光景發出感嘆。

「她們相處得好融洽……」

美月的意思應該是「明明今天初識卻這麼融洽」。

「我說啊，達也……我好像在哪裡看過她。」

「唔哇，好老套的手法。」

雷歐如此低語，艾莉卡立刻出言消遣。不知她是否知道雷歐不會那麼受到少女的美貌吸引，所以才如此消遣，但很明顯只是想說說看這句吐槽。

「……這麼說來，確實如此。」

「咦，柴田同學也是？她不是藝人或模特兒之類的……吧？」

幹比古看到美月出言附和，說出常有的推測。

達也當然知道事實是另一回事。當時她打扮得那麼「顯眼」，眾人卻沒什麼印象，反倒令達也感到意外。在達也猶豫是否要當場解除朋友們的疑問時，當事人和深雪她們回來了。

達也感覺許多目光集中過來。裝作不以為意卻無法掩飾強烈關切之意的視線從各處射來。深雪受到注目是一如往常，但今天觀察的目光明顯比往常多。

「哥哥，讓您久等了。」

深雪完全沒有表現出在意的樣子，極為自然地坐在達也身旁。

「達也同學，為你介紹一下。」

穗香同樣一副理所當然的樣子，將托盤放在達也前方，接著朝坐在身旁的少女開口。

「這位同學是安潔莉娜・庫都・希爾茲。我想各位已經聽說了，她是從今天起成為A班同學的留學生。」

聽完穗香的介紹，達也——以外的三人露出困惑表情。

「穗香，不只是介紹我，請妳也介紹其他人好嗎？」

身為當事人的留學生，代為說出大家的想法。

「咦，啊……對……對不起！」

「……唉，畢竟是穗香。」

「畢竟是穗香同學。」

艾莉卡與美月並非揶揄，而是由衷深有所感地如此低語。穗香紅著臉，說不出話來。

「那麼再來一次。這位是來自美國的安潔莉娜．庫都．希爾茲。」

深雪介紹第二次，留學生就這麼維持坐姿，搖晃金髮行禮致意。

「各位請叫我莉娜。」

她說完瞇細雙眼，露出燦爛的笑容。

深邃的藍色雙眼，不是深水或寒冰的藍，是令人聯想到穹蒼的天藍色。

在頭部兩側綁上緞帶紮起的金色大波浪捲髮，放下來應該超過背部中線，或許要比深雪來得長也說不定。

年僅高一卻頗為成熟的長相，似乎不太適合這種嬌媚的髮型，卻反而柔化這張美貌給人的精明印象，打造出容易親近的氣息。

視線比平常多的原因明顯在於她吧。朋友們聽到深雪重新介紹她的姓名，看到她華美的笑容而著迷（尤其是兩個男學生），卻也露出「咦？」的表情。達也帶頭向她打招呼回禮。

「我是E班的司波達也。以姓氏稱呼難以和深雪區別，所以叫我『達也』就好。」

「謝謝，也請你叫我『莉娜』。此外如果不用敬語，我會很高興。」

「我明白了。我會這麼做，莉娜。」

「請多指教，達也。」

莉娜大概是基於習慣，隔著桌子伸手過來，達也如同捧起她的手，從下方輕輕握起。不是普通的握手，而是類似牽起貴婦的手親吻的動作，似乎令她感到意外。

「達也難道是深雪的哥哥？」

莉娜天藍色的雙眼浮現動搖神情，但依然維持面不改色的表情詢問。

看來她不太擅長維持撲克臉——達也如此心想，一邊注意避免發出失笑，一邊露出笑容點頭回應——沒有刻意提到深雪剛才就叫達也「哥哥」。

「莉娜，我是千葉艾莉卡。叫我艾莉卡就好。」

艾莉卡在這種時候不會怯場，這肯定是她的優點。

「我是柴田美月。請叫我美月。」

「我是西城雷歐赫特。叫我雷歐就行。我生性粗魯，講話總是這樣，別在意。」

「我是吉田幹比古。也叫我『幹比古』就好。」

美月、雷歐與幹比古如同從艾莉卡身上得到勇氣，依序自我介紹。

「艾莉卡、美月、雷歐、幹比古是吧，請多指教。」

莉娜沒有再度確認，而是聽一次就記得了。雖然是初級準則，但她確實踏出了造成對方好感的第一步。

不過，她唸「幹比古」的發音斷句聽起來是「miki-hiko」。看來對她這個美國人來說，純日式的名字果然不好唸吧。

「很難唸吧？那不用叫全名，叫Miki不就行了？」

如果這番話出自當事人口中就非常貼心，但要是出自他人，尤其是艾莉卡的口中，就不像是只基於親切心態。至少幹比古自己有這種感覺，因此試著反駁艾莉卡這番話（應該說提議）。

「哎呀，是嗎？那我恭敬不如從命，叫你Miki可以嗎？」

不過幹比古看到對方搶先露出「太好了」的笑容這麼說，只能不得已接受這個暱稱。

從餐廳菜單刻意點蕎麥麵的莉娜，以令人擔憂的動作使用筷子，毫不抗拒地回答眾人不時提出的問題。應該也得慶幸場中成員沒人會提出不禮貌的問題吧。大家差不多都吃完時，莉娜看起來也和大家相處得很融洽了。達也此時代表E班成員，提出一直放在心上的疑問。

「對了，莉娜難道和九島閣下有血緣關係？」（註：庫都為九島的日文發音）

「宗師」這個稱呼，是只在日本魔法師之間通用的說法。此外，達也個人不喜歡這個詞。因此他詢問莉娜時，基於九島是退役將官，使用公開通用的「閣下」這個敬稱。

「記得九島閣下的弟弟遠赴美國，就這麼在當地成家。」

那個時代依然獎勵魔法師之間的國際聯姻。當時享有世界「最巧」魔法師評價的九島烈，他的胞弟前往美國，和美籍魔法師成家。這件事至少在日本魔法師之間成為熱門話題。

「哎呀，達也，這明明是很久以前的事，你好清楚。」

看來達也的推測是對的。

他也同時得知，對於美國魔法師來說，九島烈的弟弟在美國入土為安，可以形容為「很久以前的事」就帶過。

「我的外公是九島將軍的弟弟。」

「將軍」的發音聽起來是美式發音的「SHOGUN」，絕對不是達也聽錯。

長年指導日本魔法師的九島烈，至今仍時而會被歐美魔法師如此稱呼。莉娜即使是隔代混血兒，即使日語說得再流利，終究是美國的魔法師。

「我這次收到交換留學的提議，好像也是基於這個緣分。」

「那麼，莉娜並不是自願留學啊？」

艾莉卡不經意地插話提問。

莉娜對此表現出動搖與緊張的情緒，這大概也不是達也的錯覺。

在闇夜匍匐徘徊的，不只是做了虧心事的人。

這樣的不法之徒，之所以不會威脅到（至少沒破壞）市民生活，是因為和混沌抗戰的秩序使徒，穿梭於同樣的黑暗之中。

不過，「秩序的使徒」並非全都勤勉組惡。像現在，身為秩序守護者（理應如此）的青年，正在向搭檔的男性發牢騷。

「居然接二連三發生麻煩事……」

「…………」

「我犯太歲只到去年吧？」

「…………」

「到頭來，發生了什麼事？偷渡或是外國侵略，都比這種事情淺顯易懂。」

「……調查事情的真相就是我們的工作吧？多虧發生了案件，我們才不會失業，所以別囉哩囉嗦地抱怨了！」

上司依然依依不捨輕聲說著「其實別發生案件比較好……」這種話，部下深吸一口氣，準備正式規勸……應該說抱怨這名上司的時候，出狀況了。

「是，這裡是稻垣。」

掛在耳朵的接收器傳來呼號，稻垣以壓抑緊張的聲音回應。

「……收到，我們立刻前往現場。」

稻垣關閉通訊機，用力瞪向察覺動靜卻依然懶散的上司。

「警部，是第五人。死因和之前的受害者一樣是衰弱致死，也同樣沒有外傷。」

千葉壽和警部聽到稻垣巡查部長的報告，抬頭看向天空。

「而且也同樣失去了體內的血液吧……真是的，一個月就有五人離奇死亡，媒體那邊也差不多壓不住了。」

千葉壽和警部沒提到受害者或加害者，嫌麻煩般地嘆了口氣。看似不想管事的臉上，只有雙眼蘊含獵人的銳利目光。

◇ ◇ ◇

安潔莉娜．希爾茲在第一高中一炮而紅。

首先，她在留學第一天，就以容貌成為全校學生無人不知的對象。

深雪至今穩坐校內第一美少女的寶座。這是包含高年級與女學生在內的眾人共識。

但在莉娜入學之後，「女王」成為「雙璧」。

兩人經常有機會共同行動，因此「不輸給司波深雪的美貌」這層印象更是強烈。

在陽光下閃耀的黃金秀髮、蒼藍更勝藍寶石的閃亮雙眼。

比夜空還深沉的漆黑秀髮、烏黑更勝黑珍珠的清澈雙眼。

同樣美麗，擁有相對之美的莉娜與深雪，站在一起更顯奪目。

光是這份美麗就足以成為話題，不過——

「深雪，要開始了。」

「請隨時開始，由莉娜讀秒吧。」

相互對峙的兩人，距離三公尺。

兩人的正中央，一顆直徑三十公分的金屬球，放在細長棍子上。

實習室並排許多相同的器具，但班上所有同學停止手邊動作，看著深雪與莉娜。

不對，不只班上同學。

自由到校的三年級學生，坐滿樓中樓迴廊形式的旁觀席。

其中也有真由美與摩利的身影。

「……據說她的魔法力匹敵司波，妳覺得是真的嗎？」

「基於某種意義，她是代表美國來到日本，我覺得不無可能。不過，還是難以立刻相信。居然有年齡相仿的學生，魔法技能足以和深雪學妹抗衡……」

「我也有同感。俗話說百聞不如一見，我得親眼看過才能相信。」

「所以我們才像這樣前來確認。」

實習的內容是同時操作ＣＡＤ，比賽誰先控制放在正中央的金屬球。是在魔法實習之中最簡單，又具備高度遊戲性的一種。

正因為簡單，才能顯露兩人單純的實力差距。

從上個月開始的這項實習，深雪至今完全不容許同學年學生望其項背。深雪和班上同學的魔法力就是有著此等差距，使教官不得不承認深雪進行這項實習對彼此都沒有意義。

聽到這個消息的新舊學生會幹部（加上風紀委員長）輪流挑戰深雪卻無人是她的對手。如今這是第一高中公開的祕密。

不過，留學生和這樣的深雪平分秋色。

輕易被擊垮而丟盡高年級面子（深雪沒有誇耀勝利，反而非常惶恐）的真由美與摩利，前來參觀也是理所當然。

「三……二……一……」

實習用CAD是固定式，使用觸控板介面。

莉娜倒數到「一」的時候，兩人同時將手移動到面板上方。

「GO！」

兩人齊聲發出最後的信號。

深雪的手指輕觸面板，莉娜的手掌重拍面板。

靜與動，啟動的動作直接反映兩人的特色。

不過，只有身體層面是相互對照。

耀眼的想子光輝，在目標金屬球的座標重合、迸發。

這並非肉眼可視的光芒，因此閉上眼睛也無效。不擅長抑制外部魔法干涉的不成熟觀眾，紛紛按住太陽穴或是搖頭。

光輝瞬間消失，金屬球緩緩滾向莉娜。

「啊～又輸了！」

「呵呵，莉娜，這樣我就贏兩次了。」

莉娜盛大表達不甘心的情緒，深雪露出鬆一口氣般的笑容。

看兩人的樣子就知道，剛才的對決（雖說如此卻不是比賽）是深雪獲勝。不過從「贏兩次」這句話，以及說出這句話的口吻，都感覺不到深雪是壓倒性勝利。最重要的是——

「……完全勢均力敵。」

「如果是術式發動速度，反倒是留學生快一點點吧？」

「是的。但深雪學妹的干涉力較強，在對方的魔法完成之前搶得控制權。速度優先，或是威力優先……與其說單純靠實力取勝，應該是戰略的勝利吧？」

無論是就真由美或是摩利看來，她們兩人的魔法力——至少在基礎單一系統的單純魔法力是平分秋色。

——後來，同一堂課又接連進行了四次相同的實習。比數是二比二，今天的實習由深雪兩勝領先作結。

午休時間，一如往常的學生餐廳。

今天莉娜和大家共桌，但並非每天如此。入學至今一星期，她受到各方邀約，每次都和不同的對象用餐。

她廣為加深友誼交流的態度，堪稱留學生的模範。其實從第一天至今，她是第二次和達也等人一起用餐。

「莉娜真受歡迎。」

「謝謝。很高興大家對我這麼好。」

艾莉卡毫無心機地純粹誇獎對方。莉娜沒有無意義地害羞或謙虛，而是若無其事地回應。無論是源自個性還是民族特性，這種態度看在達也等人（除了艾莉卡）眼中確實新奇。

「不過，莉娜比預料的還厲害。妳既然獲選留學，當然應該具備相當的實力，卻沒想到足以和深雪同學平分秋色。」

「反倒是我嚇一跳才對。」

莉娜聽到幹比古的稱讚，瞪大眼睛以誇張的動作表達驚訝之意——說個題外話，幹比古面對莉娜時，似乎比面對深雪更能輕鬆交談。明明對深雪說話依然有些客氣，對莉娜說話卻完全是使用同輩語氣。

「別看我這樣，我在美國高中生等級未嘗敗績，但我再怎麼樣都贏不了深雪。對穗香也是。即使綜合成績沒輸，在精密控制的部分卻輸她，日本不愧是魔法技術大國。」

「莉娜，實習是實習，不是比賽。我覺得別過度在意勝負比較好。」

「互相競爭是相當重要的事情。即使是實習，課程難得具備高度遊戲性，我覺得計較勝負更能精益求精。」

深雪委婉地勸誡，但莉娜不怕起衝突，直接從正面反駁。

這應該是她的作風吧。這部分也令人略感新奇。

「實習時抱持競爭心態，應該也很重要。但是沒必要在結束之後繼續計較吧？因為實習始終只是練習，和影響評價的實技測驗不一樣。」

所以，達也同樣毫不客氣地發表意見。

「……也對。或許正如達也所說，我好像稍微熱中過頭了。」

「熱中不是壞事。而且深雪也因為新勁敵登場而增加動力，我在這點很感謝莉娜。」

莉娜剛開始是率直地同意達也的說法，現在則是回以詫異的表情。

「出現了，達也同學的戀妹發言。」

旁邊的艾莉卡一副無可奈何的樣子，刻意嘆了口氣。

「啊，噢，原來如此……達也和深雪感情真好。」

達也感覺莉娜視線的溫度驟降，一反她這番無礙的感想。

「這麼說來，莉娜，雖然不是什麼大問題，但我想請教一下……」

達也覺得這樣的演變不太妙，試著轉換話題。

「什麼問題？」

投過來的視線好冰冷。但應該不是打從心底蔑視，八成是配合艾莉卡的玩笑話作戲。

沒人保證這不是個人期望，但達也不會這樣就怕得不敢說話。他和這種細膩心思無緣。

「我覺得一般來說，安潔莉娜的暱稱應該是『安吉』，是我記錯了嗎？」

這應該不會是造成內心動搖的問題。

至少共桌的艾莉卡、美月與穗香都這麼認為。

不過，莉娜的臉上無疑在瞬間浮現慌張表情。

「不，你沒記錯。但簡稱為莉娜並不稀奇。是因為我念小學的時候，班上有個女生叫作安潔拉，大家都叫她安吉。」

「所以莉娜的暱稱不是『安吉』，而是『莉娜』啊。」

達也點頭表示認同。

絲毫沒讓外人察覺他發現莉娜內心的動搖。

◇　◇　◇

第一高中沒有宿舍。

全國只有九所魔法科高中，基於地理位置，必然有學生從遠地入學。

從這一點考量，學校設立宿舍似乎也不奇怪，但是到頭來，在現今這個時代，除了將學生宿舍視為重要教育場所而實施全員住宿制度的特殊學校，看不到學生宿舍這種設施。ＨＡＲ已在一般家庭普及，日用品也可以透過網購依照戶別寄送，所以現代的學生即使獨居也毫無不便之處，不需要宿舍這種設施。

因此，無法從自家通學的學生，幾乎都在學校附近租屋。留學生莉娜租借住處也很自然。她的住處從學校搭電車只要兩站，從現代交通狀況來看，可以說就在附近。她租用的不是單身或學生用的套房，而是小家庭的隔間房屋，原因在於她並非獨自居住。

「莉娜，歡迎回來。」

「希兒薇，原來妳先到家了。」

莉娜打開家門，在本次任務擔任輔佐的希兒薇雅准尉，就像是等候已久般來到玄關。

「已經天黑了啊。」

回家途中繞路到處逛的莉娜，聽到這句回應微微苦笑。她就這麼穿著制服來到起居室。

「米亞，妳來啦。」

起居室裡，一名年輕女性以緊張的表情迎接莉娜。她站在桌子前面，應該是因為直到剛才都在和希兒薇雅交談。

「是的，少校，打擾了。」

被稱為米亞的女性以緊張的語氣回應。莉娜露出為難的微笑，先一步坐在桌旁座位。

「米亞請坐。希兒薇，麻煩給我一杯茶。」

如果是平常的希兒薇雅，應該會打從一開始就無視於軍階回嘴「妳是女生，好歹自己去泡茶吧」，但她是個懂得察言觀色的女性。

「奶茶可以吧？米亞要不要也再來一杯？」

「啊，好的，感謝招待。」

米亞聽到希兒薇雅的詢問，以惶恐卻有些稍微放鬆的語氣回應。

她的全名是米卡艾拉．弘格。米亞是暱稱。她和莉娜一樣是日系美國人，但外表和莉娜不同，幾乎無法和日本人區分，頂多就是膚色可能有點深的程度。這在日本國內並不是很稀奇。

她是比莉娜等人早一步被派來日本的諜報員之一。雖說如此，她並不是專業間諜。她的正職是在國防總署研究釋放系魔法的魔法研究員，十一月在達拉斯進行的黑洞實驗，這名才女也有參加。達拉斯的實驗沒有得到理想的成果，因此她志願參與本次任務，尋找取代實驗的「非湮滅反應之質能轉換」的線索。

她和大多數魔法研究員一樣，自己也是魔法師。不同於這個月起以共同研究為名目來到日本的假學生，她在上個月初，就以馬克西米利安研發中心日本分公司業務工程師「本鄉未亞」的身分潛入魔法大學。（註：弘格為本鄉的日文發音）順帶一提，她住在莉娜租屋處隔壁。她不是戰鬥員或情報員，始終是支援人員，不過從這個月開始，部分成員基於某種意義算是展開正面攻勢，她則是在幕後從事原本諜報活動的「主力部隊」之一。

「查出什麼情報了嗎？」

首先，莉娜詢問在桌上擺好茶杯坐下的希兒薇雅。

「公開的資料庫都清查一遍了，但目前還沒發現任何新情報。」

「這樣啊。應該不會這麼快就有成果吧。」

接著她看向米卡艾拉。

「米亞這邊怎麼樣？」

「我這邊也還沒有什麼好消息……不好意思。」

原本看起來稍微放鬆的米卡艾拉，再度緊張地縮起身子。

看她這麼緊張，就覺得自己好像在欺負她，莉娜不樂見這種狀況。不過莉娜年底剛來到日本時，比現在位於正前方的米卡艾拉還要緊張到全身僵硬。即使有著研究員與戰鬥員的差異，莉娜依然是不到二十歲就位居ＵＳＮＡ魔法師龍頭地位的「天狼星」，要莉娜別緊張是強人所難。莉娜來到日本經過兩週之後，稍微可以和他人親切地交談，卻也只限於日常對話的範疇。若是關於任務的話題，自己還無法期望能像希兒薇雅那樣落落大方。莉娜以這種說法讓自己接受。

「莉娜怎麼樣？稍微和目標對象拉近距離了嗎？」

希兒薇雅的反問，使得莉娜表情一沉。

「我想應該稍微拉近了……」

莉娜嘆了口氣，露出軟弱的笑容。

「但是還查不到任何重點。更重要的是，我的真面目反而差點曝光。」

「……發生了什麼事？」

「達也問我『安潔莉娜的暱稱應該是安吉吧』。我心臟跳得好快。」

「不是偶然？」

「不曉得。完全不曉得。我果然不適合臥底吧……」

莉娜再度嘆出長長的一口氣。希兒薇雅為她的杯子倒入第二杯奶茶。希兒薇雅與米卡艾拉擔心地看著她。莉娜察覺兩人的視線，為自己加油打氣。

「……放心。對方終究不過是高中生，不可能認真覺得我是天狼星。即使真的懷疑，我也不會讓對方抓到把柄。」

這番話乍聽似乎很英勇，卻明顯是虛張聲勢。到頭來，莉娜處於非得抓到對方把柄的立場，卻說出「不讓對方抓到把柄」這種相當消極的發言。希兒薇雅察覺到這一點，卻覺得「總比消沉來得好」而沒說什麼。更沒辦法說出對方並不是普通的高中生。

◇　◇　◇

深雪從內建想子波測量裝置的檢查用床起身。達也將罩衣遞給只穿內衣的妹妹。達也在檢查時解除生化人般的撲克臉。他的臉上只浮現一絲絲的憂慮，但無法逃過深雪的目光。

「……哥哥，請問我有什麼不周到的地方嗎？請不用客氣儘管說。只要是哥哥的吩咐，深雪願意做任何事。」

即使如此，她這種反應該說過度嗎？實在很偏激。抱持這種感覺的達也露出難以言喻，彷彿極為煩惱該選擇何種表情的無奈笑容。

「不，這次若說有什麼不周到的地方，問題在於我。妳構築魔法式規模的上限提升到超乎預料，導致ＣＡＤ的處理能力跟不上妳的魔法力。我認為自己有設定得足以輕鬆應付……不過看來我的預測太天真了。」

「不好意思……」

「為什麼要道歉？這反倒是應該驕傲的事。」

深雪沮喪地低下頭。達也用力撫摸妹妹的頭髮，在她抬頭時投以溫柔的笑容。

深雪受到哥哥影響，或者是為了回應哥哥而露出微笑。只是露出笑容還好——

（……這時候不應該臉紅才對。）

達也在這陣沉默感受到危險（主要是罩衣衣襟若隱若現的胸口），加快速度說下去。

「看來莉娜和妳同班，成為很好的刺激。」

一提到莉娜，深雪陶醉朦朧的雙眼就恢復清醒。

「是的……這麼說或許很囂張，但我至今沒遇過她這樣值得一戰的對手。」

不是因為達也這番話壞了心情。深雪不會因為達也提到其他女生的名字就情緒化，她不是這麼不懂事的少女。她的表情浮現堪稱冰冷的透明感，是基於其他理由。

深雪眼中充滿寧靜的鬥志。

「話說哥哥，您白天的那個問題果然是……？」

「妳看出來了？」

達也微微一笑這麼說。

「我確實認為莉娜是『天狼星』。」

接著收起笑容，以犀利的表情斷然回應。

「真的是凡事都瞞不了深雪。」

最後，達也再度露出笑容舉起雙手示意投降。對此，深雪也放鬆表情，掛著惡作劇般的笑容朝達也伸出食指。

「那當然。因為深雪比任何人都關心哥哥。」

達也刻意笑出聲，不曉得是真的將深雪這番話當成玩笑話，還是想將其當成玩笑話。

深雪跟著達也一起笑，內心則是想知道哥哥的真正想法。

即使地下室（或許該形容為地下設施）的空調夠暖，但深雪一直只穿內衣加罩衣，會讓彼此都靜不下心。達也讓深雪換上居家服之後，兩人移動到客廳。

深雪修長的雙腿，並非以黑色內搭褲或褲襪包覆，而是長襪。裙襬輕盈外開的迷你裙搭配長襪，雪白的肌膚在兩者之間若隱若現。

站直的時候就這樣，坐下或彎腰的時候不就相當不妙了嗎？——達也不去意識到是什麼東西「不妙」，逕自如此心想。

深雪不知道哥哥內心的想法（但無從確認是否真的不知道），將咖啡杯擺在哥哥面前，而且只有今天不是坐在達也身旁，而是坐在正前方的沙發。

她不會輕浮地直接交疊雙腿。

而是膝蓋確實併攏，雙腿斜靠。

比起看得見裙底風光的姿勢，這個姿勢更加嫵媚。

達也不知道深雪的意圖（即使知道表面上的意圖，也不知道背地裡的真正意圖），決定不再注意這件事。

達也決定不去注意的下一瞬間，視線不再游移。

隔著桌子相對而坐的深雪，隱約露出了有些不滿的表情。但達也連同這張表情，注視著深雪開口說道：

「關於剛才的話題，我覺得莉娜很可能是『安吉·希利鄔斯』。」

兩個月前，達也收到姨母四葉真夜的警告，ＵＳＮＡ軍的魔法師部隊STARS，正在調查戰略級魔法「質量爆散」術士的真實身分。當時真夜也提到達也與深雪被列為嫌疑人，成為對方情報戰的目標對象。達也認為莉娜來第一高中留學，也是這場情報戰的一環。

「我搞不懂的地方，在於對方看起來不像是非得隱瞞『天狼星』的真實身分，反倒像是刻意讓我們這邊察覺真相。」

達也不曉得也是理所當然。因為莉娜個人的防範能力，應該說她的戒心，比ＵＳＮＡ軍認定的還要不濟。即使是達也，這件事也在他的推測範圍之外。

「而且——」

要是得知真相肯定只能發笑，但達也以正經表情繼續推理。

「也就是說，不曉得ＵＳＮＡ為何將可說是王牌的天狼星投入這場情報戰。」

深雪也已經切換心態，以認真語氣回應達也。

「一點都沒錯。就我這週的觀察，莉娜的能力不適合諜報活動。她恐怕是幌子，主力正在其他地方行動。」

「用天狼星當幌子，也過於大材小用了……」

「這是假設莉娜是天狼星……間諜任務是其次，她原本身負的是其他任務。」

「重要到ＵＳＮＡ派遣天狼星到國外的任務……究竟是什麼？」

在「目前的時間點」，這只是兩人多心，幸好兩人無從得知這一點。

「不曉得……但我認為現階段無須在意。」

從上帝視點來看屢次推理錯誤的達也，語氣忽然不再蘊含緊張感。

「深雪，美國難得提供這麼好的對手給妳。」

但是，並不是連正經感都消失。

「是，哥哥。」

深雪以鄭重的語氣，回應哥哥真摯的聲音與眼神。

「妳要全力和莉娜競爭。雖然我白天那麼說，但我覺得執著於勝負的心態剛剛好。這樣將會助妳更上層樓。」

「是。」

「競爭將會成為成長的能量，這一點對莉娜來說應該也是一樣吧。但妳無須在意。這種機會很難得。」

深雪對達也有力地叮嚀的這番話，展露毫無不安陰影的文靜笑容。

「是。何況深雪有哥哥在。只要哥哥陪在我身旁，即使對手是天狼星也不足為懼。」

達也那番話的意思，是要深雪將莉娜當成競爭對手，不是當成鬥爭對手。

深雪如此回應，難免令他感覺重點稍微失焦。

但達也毫不猶豫地點頭回應深雪完美無瑕的信賴。

◇◇◇

達也放學後的活動多采多姿。基本模式有兩種，分別是窩在學校圖書館，或是以風紀委員的身分在校內巡邏。如果是後者，真的會發生各式各樣的事情。

簡直令他質疑這或許是某人的陰謀。

這天，這種感覺尤其強烈。

風紀委員擁有在校內隨身攜帶CAD的特權，但達也除了執行委員會的任務之外，不會使用這項權利。

CAD原本是用來在短時間內發動四大系統魔法的道具，雖說也能用在其他魔法，例如系統外魔法、無系統魔法，或是分類性質不同的古式魔法，但如果是無系統魔法，尤其是只釋放想子的單純魔法，沒有CAD也不會綁手綁腳。

達也在九校戰主動揭露自己會使用術式解體，因此在第二學期之後，他在課外時間使用的主要是無系統魔法。光是這樣就十分足夠，所以他實質上不需要攜帶CAD。

巡邏時帶著委員會庫存的CAD，比較著重於示威的意義。雖說如此，這種牽制效果不能小覷，因此達也在巡邏校區前，會到委員會總部將ＣＡＤ套在雙手。這已經成為習慣。

達也今天也一如往常，在下課之後前往風紀委員會總部，並且在裡面發現莉娜。即使只是遠遠看見，她那頭華麗的金髮也無從誤認。達也在麻煩事的預感之下，不由得好想掉頭離開，但還是忍住這股衝動，努力發出一如往常的聲音。

「早安。」

風紀委員會這種無視於時段的問候方式，達也完全習慣了。他就這麼穿過人群（話雖如此，實際上只有五人）旁邊，想要迅速完成準備。

「啊，司波學弟，來一下。」

達也淒慘地被花音逮到。

失望神情沒顯露在臉上，是託平常修練（？）的福。

「什麼事？」

無論從主觀或客觀來看，達也的聲音都毫無熱忱。但花音完全不在意這一點，這是她的優點也是缺點。

「你認識這位希爾茲學妹吧？」

這是詢問形式的斷定。達也當然除了點頭別無選擇。

「希爾茲學妹說，她想要參觀風紀委員會的活動過程，想看看日本魔法科高中的學生自治模式。司波學弟，你今天值班吧？可以帶她一起去嗎？」

達也覺得很麻煩。雖然不曉得莉娜的意圖，卻似乎很有可能真的發生棘手事件。光看圍著莉娜的男學生（都是高年級）那種不是滋味的目光就很明顯。這裡是風紀委員會，不會招致嫉妒的眼神，但若是在校內單獨和莉娜並肩行走，不曉得會成為多麼如坐針氈的場面。不過無論是莉娜的這個要求，以及指名達也的原因都十分合理。

「我明白了。」

達也除了死心接受，別無選擇。

莉娜留學至今沒有很久，所以不算是出人意料，但這是達也第一次和莉娜獨處。嚴格來說，地點是學生來來往往的校舍，不算是獨處，但無論是否有旁人在場，尷尬的氣氛同樣沒變。

姑且為達也辯護一下，他之所以會覺得尷尬，並不是因為莉娜是頂尖美少女，而是因為莉娜藏不住試探底細的氣息。不時偷窺達也的視線，即使當事人認為掩飾得很好，在達也眼中也沒有完全掩飾。

就算這樣，達也當然不可能當面質疑莉娜說：「妳是間諜吧？」揮之不去的壓力如同火山灰一般不斷累積。

「莉娜之前就讀的學校沒有這種制度？」

何況也不能長時間沉默下去（雖說如此，兩人離開委員會總部至今才走十公尺左右），所以達也即使搞不懂這股沉默為何如此沉重，但還是難得發揮服務精神，主動提供話題——不過冷靜想想，這個問題頗為壞心眼。

「啊？那個……」

達也看到莉娜明顯慌張了起來，才察覺這是壞心眼的問題。

聽說「天狼星」代代都是完全屬於前線類型的實戰魔法師，但至少莉娜完全沒受過諜報訓練吧。達也抱持一絲暖意這麼想。

「……既然還是一年級，難免不清楚這方面的事。」

達也看著這樣的莉娜不免同情，因此稍微給她一個台階下。畢竟沒必要揭發她的真實身分，要是她坦白了，將會打草驚蛇。

「呃……嗯，是的，沒錯。這所學校讓學生從一年級就參與這種活動，所以我想深入了解箇中機制。」

不太擅長應付意外狀況，但腦子很靈光。這是達也對她的想法。

即使是事後補足，也講得符合邏輯。

達也心想，她這份機智或許優於自家的妹妹。

正如預料，眾人的視線刺得達也很痛，卻沒有學生真的動手。大概是為了避免被留學生看到丟臉的一面而自重。

達也就這麼帶著莉娜，以實習室與實驗室為主要目的地四處走著。加入說明的這趟巡邏，變得像是重新帶她參觀校內設施。

走到實驗室並排的特殊大樓一角，從實驗大樓通往後院的出入口時，莉娜停下腳步。

「累了？要回去嗎？」

達也當然知道她停下來不是因為累，只是以這句話當成對話的契機。

「不，我沒事。」

莉娜難以啟齒般停頓。

「怎麼了？」

在達也催促之下，莉娜拋開猶豫，說道：

「達也是候補──二科生吧？」

「是的，怎麼了？」

好久沒人當面說出這句話了。比起「又來了」的想法，達也反倒覺得新鮮感更加強烈，並且回問她這麼問的意圖。

「之前我心想，為什麼你的制服會和A班的大家不一樣呢？後來，深雪就以不悅的語氣告訴我這件事。」

語畢，莉娜輕聲一笑，大概是回想起了當時的狀況吧。這很像是深雪會做的事情，達也同樣只能苦笑。

「不過，我剛才聽花音說，達也的實力在第一高中全校也是首屈一指。」

「花音」的發音聽在達也耳裡，有著濃濃外國腔，但應該不是大砲的「cannon」，而是彌撒聖歌的「canon」吧。達也擅自這麼解釋，不再追究──他覺得花音變成「大砲」也太可憐了。

達也思考著這種無謂的事，所以晚一步理解莉娜想表達的意思。

「達也，你為什麼要假裝成劣等生？既然假裝成劣等生，為什麼要輕易展現實力？達也的所作所為很矛盾，我不懂你為什麼要這麼做。」

達也聽到最後，總算明白莉娜想說什麼。

「我不曉得千代田學姊怎麼對妳說，但我沒假裝。我真的是劣等生。」

幸好莉娜仔細說明這個問題的意圖，所以達也不用花太大工夫就建構出答案了。如果不是這樣，或許會不小心露出馬腳。達也心想，今後得避免思考無謂的事。

「實技測驗的評分項目是速度、規模與強度等三種，這是配合國際基準採用的項目。但是實戰的勝負不只是取決於這三個項目的優劣。到頭來，身體能力是在實戰分出勝負的重大要素。我在實技測驗是劣等生，但很會打架。如此而已。」

這是達也平常使用的藉口，卻也是毋庸置疑的事實。達也深深相信，這樣就能順利結束話題或是敷衍了事。

「……測驗成績和實戰實力是兩回事，我也贊成這個意見。」

所以，莉娜這番話完全在達也預料之外。不曉得她想說什麼。

「我也不是想成為學校的秀才，是想成為在實戰派得上用場的魔法師。」

莉娜緩緩冒出暗藏火藥味的氣息。

「這樣不太和平。」

達也眼中的溫度——熱度消失了。

「你感覺得到啊，了不起。」

寒冰……應該說鋼鐵視線當前，莉娜卻露出豔麗的笑容。不是如花般的笑容，是具備銳利刀刃美感的笑容。

莉娜的手往上彈。

達也捕捉到襲擊而來的掌打。

莉娜以最小的動作犀利地打出右手，卻被達也抓住手腕。瞄準達也下巴的掌打，在喉頭前方遭到阻止。

莉娜被抓住的右手擺出手槍的手勢，伸直食指。

美麗的指甲指向達也的臉。

達也將莉娜的右手扭到外側上方。

莉娜板起臉，聚集在伸直的指尖的想子光，在擊發之前煙消雲散。

「真危險。」

「我早就知道你躲得開。」

「妳會說明吧？」

「可以先放手嗎？這樣很痛。而且這個姿勢我有點不好意思。」

由於手扭到外側上方，達也與莉娜的身體拉得很近。從某方面來看，就像是達也在襲擊莉娜——也就是強吻的姿勢。

達也聽莉娜這麼說，立刻放開她的手。

不過，達也臉上沒有絲毫害羞之意。

「真是的，好痛。抓到瘀青了……咦，沒有。力道拿捏得這麼好？」

莉娜以撫摸右手腕的左手捲起袖子，露出驚訝的表情。

「妳想在別人臉上打洞，吃點苦頭應該是理所當然吧？」

「單純的想子粒子塊，不具備物理殺傷力。頂多感受到像是中槍的假痛。」

「這足以構成我對妳動粗的理由吧？」

即使莉娜投以討好的笑容，達也依然沒放鬆表情。

莉娜嘆口氣，舉起雙手。

「知道了，我知道了。達也大人，請您原諒小女子的冒犯。」

莉娜一改態度恭敬地行禮。抬頭一看，達也至今嚴肅繃緊的嘴角奇妙地扭曲。

「……還有什麼事？」

「……不，算了。還有，以正常語氣講話吧。妳表現得這麼高雅不像是莉娜。」

看來達也之所以揚起嘴角，是因為覺得這種舉止不適合她。

「你說我哪裡不高雅了！」

「和妳的角色形象不同吧？」

達也有點擔心她是否聽得懂「角色形象」的意思，但她這麼精通日語應該不成問題，所以達也省下改口的工夫。

而且不知道是幸或不幸，她順利聽懂了。

「沒那回事！別看我這樣，我還曾經受邀參加過總統的茶會！」

莉娜順勢主張自己屬於多麼上流的階級。

「喔……」

達也聽到這句話咧嘴一笑。這張笑容泛出冰涼的寒氣。

莉娜反射性地摀住嘴巴。

達也露出的表情，看在她眼中是惡魔梅菲斯特的笑容。

「總統是吧……」

魔法師不用刀槍就能殺人，權力人士大多將之視為忌諱。日本在這方面的門檻反而算是比較低。某些國家的魔法師，甚至得自行服用必須定期解毒的遲效性毒藥，否則無法接近某種階級以上的掌權人。

在USNA，可以直接面會總統的魔法師，記得是……

「你在套我話……？」

莉娜不甘心地瞪向達也。但這次是莉娜過度揣測了。

「別講得這麼難聽。剛才的對話過程完全是巧合。真要說的話，是莉娜不打自招吧？因為是妳先設局的。」

「無話可說」就是這麼回事。

莉娜能做的，只有不甘心地繼續瞪著達也。

「所以呢？妳可以說明為何做出那種事嗎？」

「……我只是想知道達也的本事。」

「我的本事？為什麼？」

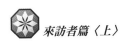

達也疑惑地蹙眉，莉娜移開目光。

「沒什麼……只是好奇。」

「好奇啊……那就當成這麼回事吧。」

達也輕聲回應，如同看透她明顯的托詞。

莉娜鬧彆扭地輕哼一聲。

「真要說的話……」

莉娜輕聲如此開頭，視線再度回到達也身上。

「想說你要不要來美國。」

「我去美國？」

「既然擁有實力卻沒受到應得的評價，我覺得你應該想要一個受到認同、可以活躍的環境。美國的魔法師分級同樣以國際基準為主流，但也有些地方不是這樣。美國是自由的國度，更是多樣化的國度。不會只因為不符合單一標準就貶低為候補。達也應該能得到合適的評價。」

「真令人感興趣。」

出乎意料的邀請，使得達也的態度似乎稍微溫和了點。

「既然這樣……」

莉娜覺得有機會，順勢進一步說服。

「如果事實正如妳所說的話……」

然而，達也嘲諷的語氣讓她碰了釘子。

「莉娜，妳所說的主流之外的基準，究竟是哪裡會使用？比方說阿靈頓？」

阿靈頓曾經是軍官學校，如今是USNA軍重要的魔法師、魔工師供給據點。

「……對。可是，不只那裡……」

「莉娜，所謂的評價基準，是依照用途而挑選訂立的。」

達也的語氣雖然嘲諷，卻沒有令人顫抖的寒意。

「基於『挑選適合軍方的魔法師』這層意義，阿靈頓和日本的防衛大學沒什麼差異。不過在包容度上應該有差異吧。」

真要說的話，傾向於消遣友人的語氣。

「唉，算了。」

「啊……？」

接著，達也突然以真的不在意的鬆懈聲音低語。

莉娜跟不上這個急遽變化，只能以聲音與表情表現困惑之意。

「莉娜想測試我的身手。就是這麼回事吧？」

「呃，嗯……」

「那麼，這件事到此為止。拜託今後別這樣。」

達也催促她「是不是該回去了？」的表情，和往常完全一樣。

至少莉娜無法辨別和平常的他有何不同。

「你不問嗎？」

莉娜明白達也想將剛才那一幕當成沒發生過。這樣對莉娜當然比較方便。但她無法理解達也這麼做的意圖。

達也難得不追究，這麼問或許會搞砸。但莉娜明知如此也不得不回問。

「問什麼？」

「還能問什麼，比方說……你不用確認我的真實身分……？」

「無妨。因為世上有些事情別知道比較好。」

莉娜不曉得這是有所隱瞞，還是真心話。

對於莉娜來說，司波達也這個人實在無法理解。

「……你是個討厭的人。」

莉娜揚起視線瞪著達也輕聲這麼說。對此，達也聳肩轉過身去。

莉娜跟在他的身後前進，並且自覺剛才說的「討厭」，絕對不是單純字面上的意義。

【4】

西元二〇九六年一月十四日，晚間十一點的澀谷。

週六深夜，路上沒有車子，滿是年輕人的身影。

之所以看不見車子，在於交通系統與通勤習慣的變化。自動駕駛的個別輸送型電動車廂全天候運作。此外，在澀谷這種大都會不需要使用通勤車，只要利用架設在地底的動力步道就可以迅速抵達車站。

而且在現代，居家辦公系統的基礎架構已經完整，完全不需要在辦公室加班到深夜。如果有緊急要處理的工作，打從一開始就不用上班，而是在自家處理之後，以專用線路提交到公司，這就是現今的辦公模式。現代的辦公室是用來談生意的地方，不是用來辦公的地方。何況只要是正當生意，就不需要刻意在深夜討論公事。

夜晚的澀谷看不見成人上班族，是年輕人的都市。

不過，在澀谷以外的城市，並不會在這個時段看到相同的光景。

澀谷、新宿、池袋、六本木……戰前以年輕人為客群而繁榮的這些城市，只有澀谷至今依然看得見年輕人在深夜出沒、聚集的光景。

長達二十年的混沌時代，新宿、池袋與六本木在不同時期遭受外國人破壞，年輕人憤而發起抵制外國人的活動，導致這些城市荒廢至極，各處都出現彷彿遭到蟲蛀的廢墟。後來在復興過程中，這些城市徹底執行恢復治安政策，重建為相當擁擠的繁華區。

不過，澀谷是例外。

澀谷從戰前就持續荒廢，年輕人的鬥爭越演越烈，而且最早完全抵制外國人，所以反而免於和其他城市一樣遭到徹底破壞。但也因為這樣，夜間的無政府狀態至今依然沒有著手處理，這樣是否比其他城市來得好，沒辦法一概而論。

如果這裡日夜都處於無政府狀態，相較於戰前不再對失序行徑寬容的政府與自治組織，應該會執行「再開發」計畫。現在的行政當局，對於不動產相關的私人債權限制得相當蠻橫。

不過，澀谷的白天與晚上，有著完全不同的樣貌。

白天是正經上班族忙碌來往的商業區。

夜晚是叛逆年輕人徘徊遊蕩的娛樂區。

由於無法一起處理，政府當局也遲遲無法下定決心改革。

今晚也一樣。剛過新年就有許多年輕人聚集在街頭，各自嬉鬧、歡笑、調情或互毆。

人群之中，有個五官深邃、體格健壯的少年身影。

雷歐只穿運動上衣加披一件外套，以不像是寒冬的輕便穿著，漫不經心地走在深夜的澀谷。雖說是漫不經心，但牛仔褲加運動鞋的雙腳踩著穩健的步伐。只是從他的腳步完全感受不到「前往目的地」的意識。

雷歐有一個不良嗜好。不對，與其說是嗜好更像是習慣。

就是生性愛徘徊。

不是走路、跑步或大喊，是在夜間徘徊。

越接近深夜，越想漫無目的地四處閒晃。

雷歐認為這是烙印在體內基因的本能。

全世界率先將操作基因的魔法師調整技術實用化的德國，在最初期開發出「城塞系列」魔法師。雷歐就是這個系列的第三世代。

「城塞系列」是著重於提高肉體耐久度而開發的調整體。當時認為魔法師的弱點在於近戰能力，為了提升這方面的能力，不只是強化魔法能力，還改造基因強化身體能力的城塞系列，與其說是調整體魔法師，更像「能使用魔法的超人士兵」或「身體能力超乎常人，又能併用魔法技能的強化人」。

調整方式雖然不包含動物基因的合成，但是在改造基因的時候，不難想像肯定參考了比人類頑強許多的大型哺乳類。

並非從外部解除肉體限制（當時就已經知道，這種做法有很高的機率會影響到魔法技能），而是提升肉體本身的性能。

可能是硬是改造基因所導致的結果，城塞系列第一世代大多在幼年死亡，順利成長的人也大多發瘋而死。

雷歐的爺爺是極少數的倖存者之一。

雷歐懷抱著恐懼。

從外觀實在看不出他是這樣的人，但他的精神深處懷抱著恐懼，活到現在。

他害怕自己遲早也會發瘋。

害怕非人類的因子吞噬人類因子，導致心理毀壞。

他之所以想忠於自己的衝動，是覺得藉由釋放衝動，或許可以延後內心軋轢、損毀的那一瞬間。活得自由自在的爺爺得享天年，這是他所知道的實際案例。

所以，他不會違抗「在夜間徘徊」的衝動。

隨心所欲，在月光下、星空下、漆黑的雲層下，漫不經心地行走。

有時是市中心、有時是繁華區、有時是郊外、有時是遠離人煙的山上。

沒有既定的場所。任憑一時興起，以當天的心情選路。

所以，他今天會來到澀谷完全是偶然。

那是一名穿著深色西裝的青年。加披一件還很新卻各處發皺的灰色風衣。

「咦？是艾莉卡擔任警部的老哥？」

擦身而過的對象湊巧是雷歐認識的人。雖然只是如此，但雷歐呼喚了這名青年——這也是一時興起，並不是看到熟人總會出聲打招呼。

下一瞬間，一陣騷動的浪濤捲向他。

雷歐的音量絕不算大，只足以叫住擦身而過的對方。但是絕對不算是善意的視線，從道路兩側集中過來。

「小弟，跟我來一下。」

以隨時會咂嘴的表情回應的人，是走在「艾莉卡的老哥」旁邊的男性。這名男性的年紀不太能形容為青年，雷歐也記得他的長相。不只是長相，也記得姓名。

「記得是稻垣先生？怎麼平白無故要我跟你走？」

稻垣沒有回應雷歐聽起來像是「有何貴幹」的粗魯詢問，抓住雷歐的手腕。

要甩開並非難事，但雷歐乖乖地跟著稻垣走了。

雷歐被帶到小巷深處的小酒館。招牌寫著「BAR」，但是從店面規模來看，雷歐感覺完全不需要這種英文招牌。

「店長，借一下樓上。」

稻垣向吧檯後方擦玻璃杯的店長知會一聲，不等回應就走到店內深處，爬上樓梯。雷歐被帶來的地方，是只擺一張小圓桌加四張椅子就沒多餘空間的狹窄房間。房門是太空船艙門般的厚重氣密門，和老舊的裝潢格格不入。

「我還未成年耶。」

稻垣以雙手轉動氣密盤確實上鎖，正要開口的前一刻，雷歐以裝傻的語氣先發制人。

稻垣一副有苦說不出的表情，旁邊的千葉壽和則是愉快地笑了起來。不是因為好笑，而是深感興趣的關係。

「記得你是西城吧。我們應該有確實隱藏了氣息，你居然認得出我們。」

光是如此，雷歐就理解壽和的意思。

「……我該不會妨礙辦案了？」

這份敏銳似乎令壽和感到意外。

「喔……看來不只是四肢發達。也對，若是空有實力卻沒大腦，艾莉卡也不會幫你。」

雷歐反射性地板起臉，但無論是基於善意或惡意，艾莉卡又是教導技術又是出借武器，他自覺受到各方面的「照顧」，因此沒有出言反駁。

「警部先生家養育女兒的方式，是不是不太對？」

他的反擊，頂多只有鬥嘴的程度。

「你說得對。」

壽和露出苦笑回應雷歐。但和他輕浮的語氣相反，瞇細的雙眼深處的光芒，感受得到某種根深柢固的事物。

雷歐覺得深入追究有危險，於是不再多說。

「你不用在意搜查的事。我們隱瞞氣息只是避免無謂的麻煩，並不是在跟蹤。警察在深夜的這裡，動不動就會被仇視。」

「仇視啊……確實是這麼回事。」

雷歐似乎是聯想到某些事，深深點頭同意。這個動作顯示他對警方的同理心，更勝於這座城市的年輕人。

得到善意就會和緩態度，這是人際關係的基本模式之一（但異性之間不一定如此）。

稻垣投向雷歐的目光，也變得稍微友善。

「警部，恰巧是個好機會，要不要問他看看？」

光是這樣，雷歐當然聽不懂是什麼事，但他並沒有出言催促對方說明。雷歐悠然地等待壽和點頭面向他。

「西城，你今天來澀谷有什麼事？」

「沒什麼事。」

「這樣啊。你常來澀谷？」

「沒到常來的程度，但偶爾會來。記得除夕也是來這裡閒晃。」

「兩週前嗎……那你知道東京繁華區發生離奇案件嗎？」

壽和即將說出管制媒體報導的案件內容，但稻垣並沒有阻止他。稻垣知道，反正明天就會成為「號外」了。

「離奇案件？我覺得每天都會發生這種事吧。話說警部先生不是任職於橫濱嗎？為什麼會調查東京的案件？」

「我們直屬於警察省，會調派到日本全國各地。就是因為這樣，現在正在調查東京的連續離奇死亡案件。」

壽和隨口說出這番話，但雷歐並未被他的語氣迷惑。

「離奇死亡……血腥殺人案件？連續發生？」

雷歐蹙起眉頭詢問。壽和上修他對雷歐的評價，但沒有顯露於言表。

「正是如此。反正明天就會曝光……」

壽和說到這裡，向稻垣使個眼神。稻垣點頭回應，從西裝內袋取出行動終端裝置，打開折疊式的終端裝置開啟圖像檔。以幻燈片形式逐一顯示的照片，使雷歐嚥了口氣。

「最近的受害者是三天前在道玄坂上的公園發現。推測死亡時間是凌晨一到兩點。」

「在東京都心正中間？」

雷歐覺得「都心正中間」是很怪的形容方式，卻想不到貼切表達己身心情的其他話語。

——照道理來說，離奇事件不是應該發生在遠離人煙的深山嗎？

「這座城市在白天或許是都心，但是入夜之後，發生什麼事情都不奇怪。」

不過，壽和以不悅的神情這麼回應，使雷歐不得不認同。雷歐也親身體會到，澀谷現在異常的兩面性。

「所以我想問一下，即使只是聽說也無妨，有沒有什麼奇怪的傢伙讓你有印象？」

「夜間在這座城市閒晃的傢伙都很奇怪。具體來說，您想知道什麼樣的傢伙？」

雷歐說得很中肯。壽和即使知道場面不適合，依然露出苦笑。

「的確。話是如此，如果知道兇手的特徵，調查也可以樂得輕鬆……」

雷歐默默注視著思索該從哪裡說明的壽和。

「我想想……關於剛才讓你看的被害者屍體照片……」

稻垣依然沒插嘴。長官即將向民眾透露辦案時的祕密，他卻沒有阻止的意思。

「所有人的死因都是衰弱致死。七人完全沒有擦傷以外的外傷。」

「沒外傷？是毒殺嗎？」

雷歐臉色大變地詢問。對此，壽和搖頭回應。

「目前所知的藥物反應都是陰性。而且受害者儘管沒有外傷，還是失去了一成血液。這是從體格推測的血量來計算。」

「所有人？」

「所有人。」

「原來如此……這樣確實是『離奇死亡』。比起血腥殺人更像是靈異事件。」

雷歐沒有展現畏懼或不安，而是以受不了的語氣低語。

「看起來或許是靈異事件，卻是真實發生的案件。」

壽和對他這番態度感到為難，並且回到原本的問題。

「所以才會問你，是否知道哪個傢伙會犯下這種疑似超自然的案件。尤其是最近出現的外來人物，或是造成奇妙傳聞的傢伙。」

「最近的外來人物啊……」

雷歐在壽和重新詢問前，就一直雙手抱胸出聲思索，最後以放棄的表情放鬆雙手。

「抱歉，目前為止，我完全想不到。」

他的語氣與其說粗魯更像雜亂，如同不知禮儀為何物，卻不可思議地不會引人反感。

「我再找朋友打聽一下。」

「呃，不，這就免了。這是警方的工作，而且無法保證你打聽時不會被盯上。」

「但警部先生，這裡是夜間的澀谷啊。各位是成年人又是警察，我想很難打聽情報。」

「……不，或許如此吧。但是……」

無須雷歐再度指摘，壽和與稻垣也都實際體會到辦案難度。否則也不會把辦案的祕密告訴一個交情不深的少年。

「我不會主動介入危險的事情。別看我這樣，我對嗅覺很有自信。」

「是嗎？那麼……」

「警部！」

雖說如此，委託高中生幫忙辦案實在過火，太危險了。如此心想的稻垣慌張出聲，但壽和舉手制止他，從懷裡取出名片。

「有什麼消息就寄郵件到這裡。密碼只需要在第一次手動輸入，之後會自動更新。」

稻垣的良知，同時被壽和與雷歐無視。

「真嚴謹。那我走了，打聽到消息再通知您。」

雷歐說完起身，輕鬆以單手轉開稻垣非得用雙手鎖緊的氣密盤，下樓離開。

◇　◇　◇

西元二〇九六年，USNA華盛頓特區，當地時間一月十四日十一點三十分。

日本時間一月十五日一點三十分——深夜時刻。

已經上床的莉娜，被同居人希兒薇雅叫醒。

「希兒薇，什麼事？」

莉娜的正規軍人資歷也超過三年，從就任STARS總隊長地位算起也有一年半，早已習慣因為緊急事態被拖出被窩。她的意識瞬間清醒，以清楚的聲音要求希兒薇雅說明。

「卡諾普斯少校緊急聯絡。」

希兒薇雅如此回應，莉娜默默走到通訊機前方。

「班，久等了。抱歉只以聲音通訊。」

『打擾總隊長休息，我才該道歉。』

就莉娜所知，班哲明・卡諾普斯在STARS之中也是首屈一指的明理。或許是一等星級之中最明理的人。他明知兩地有時差，也就是明知這裡是深夜依然聯絡莉娜，事情肯定非同小可。

「無妨。究竟發生什麼事？」

『查出上個月逃犯的下落了。』

「你說什麼？」

STARS一等星級的「北落師門」——亞弗列德·佛瑪浩特逃兵事件，不只是STARS內部的壞消息，也大為驚動USNA軍方高層。

那個事件沒有因為莉娜親手「處決」佛瑪浩特中尉作結。同一時期還有七名魔法師、魔工師逃離USNA軍，其中也包含STARS隊員（即使是最低階的衛星級）。莉娜交棒給卡諾普斯少校的任務，就是追捕並處決逃犯。少校說已經查明去向。

「在哪裡？」

『日本。他們從橫濱登陸後，推測現在應該躲藏在東京。』

「為什麼來日本……而且是東京？」

莉娜愕然地低語。但卡諾普斯無從回應這個問題。問過相同問題的不只是莉娜，無法回答這個問題的也不只是卡諾普斯。

『……統合參謀總部決定加派追捕團隊的人手。』

「日本政府知道嗎？」

『不，這是機密作戰。』

在外國領土進行諜報活動，或是伴隨戰鬥行為的追捕逃犯作戰，給對方國家政府的觀感完全不一樣。對方政府甚至可能認定這是嚴重挑釁主權的行為，演變為斷交局面。莉娜重新體認到五角大廈多麼重視這個案件。

『總隊長，我接下來轉達參謀總部的指令。安吉・希利鄔斯少校現在執行的任務改為第二優先，以追捕逃犯為第一優先。』

莉娜深呼吸之後，朝通訊機回應。

「班，命令已收到。幫我回報總部。」

『收到。總隊長，請保重。』

通訊隨著關心她的這句話結束。

莉娜心想，今晚大概沒得睡了。

◇　◇　◇

週末過後的教室，到處都在討論離奇案件的話題。

週日早晨，國內第二大新聞網站發布獨家消息之後，各報章媒體一窩蜂報導這樁連續離奇血腥命案。熱中程度與其說是狂亂更像是脫序，甚至令讀者不敢領教。

不過也是因此，這個消息如此快速地傳遍了世間——但幾乎都是特別強調靈異要素，煽動議論的報導。

「早安～噯噯，達也同學，你有看昨天的新聞嗎？」

即使知道是媒體刻意炒作依然跟風，或許正是達也他們這個年紀的特性。正如預料，絕對不會跟著這種風波起舞，而是率先興風作浪的這個朋友，打頭陣向達也搭話。

「妳是說『吸血鬼』的新聞？」

早已明白也要確認一下，這就是禮儀。而且艾莉卡正如達也預料，愉快地點頭回應。

「那果然不像是單人行凶吧？會是專業的組織型犯罪嗎？我贊成這不是內臟買賣，而是『血液買賣』組織的犯行。」

達也還沒坐下，艾莉卡就靠在他的桌旁，扭身將臉湊過來。

這時候的達也，思考著「雖然不重要，但她身體真柔軟」這種真的不重要的事，裝出頗為正經的表情搖頭回應。

「這樣的話，無法解釋他們為何只抽走一成的血。」

調查當局理應想要隱瞞這件事，以免造成世間無謂的騷動。但受害者失去一成血液的這件事實，隨著「吸血鬼事件」這個炒作名詞而廣為人知。

「對方應該不打算下殺手吧？大概覺得只要讓對方活著，就能當成血液工廠使用？」

「既然這樣，就不會將屍體扔在大街上吧？更何況，死者並沒有被抽血的痕跡，這一點也無法理解。」

某些報導記載「以針筒抽血之後，使用魔法消除痕跡」，認定犯行和魔法師有關，但只使用一次治療魔法不可能永遠消除針孔痕跡。

「嗯～原來如此……沒有傷痕確實匪夷所思。」

「會如同電視所說，是超自然個體犯下的命案嗎？」

坐在旁邊座位的美月加入對話。與其說她在皺眉，更像是面帶驚恐。

「超自然個體嗎……如果吸血鬼真實存在，大概早就釐清事件真相了。」

現代魔法進行理論系統化的過程中，繼承古老魔法的人們，從名為傳說的薄紗另一頭現身。

如果「擁有實體」的妖魔鬼怪真實存在，那麼理應會隨著「魔法師」的存在而在世間曝光。至少達也這麼認為。

「那麼，達也覺得這始終是人類的犯行，不是超自然事件？」

「幹比古，你呢？你覺得和妖魔鬼怪這種東西有關嗎？」

幹比古詢問之後，達也回以內容相同的詢問。

幹比古發出「唔～……」的聲音，搖了搖頭。

「……我不認為是普通人幹的好事，卻無法斷定……」

幹比古支支吾吾地回應，達也咧嘴露出壞心眼的笑容。

「說到超自然，直到一百年前，魔法都是超自然的極致。」

艾莉卡忽然探出上半身。

「達也同學覺得這是和魔法師相關的犯罪？」

「我並沒有這麼斷定。畢竟和市區監視器一起設置的想子雷達沒捕捉到任何反應。」

達也剛說完，就像是改變想法般搖頭。

「……但是高階魔法師可以騙過雷達，如果術士能使用精神干涉系的系統外魔法，就可以神不知鬼不覺地在大都會正中央犯案。」

「真討厭。希望人類主義之類的風潮別因而盛行。」

美月以陰鬱的聲音低語。

現代的「人類主義」，坦白說就是一種排斥魔法師的運動。

魔法不是人類獲准使用的力量——該運動以基督教支派（形容成「異端」比較合適？）的宗教思想為核心，提倡禁止使用魔法。「人類應該只以人類獲准使用的力量生活」這個主張（應該說藉口），使得這個教派被命名為「人類主義」，是近年以美國東岸為中心擴展勢力的一派。

如果只是提倡「不使用魔法」就不會造成危害，但人類主義的激進分子，會採取暴力行動否定魔法師的存在。因此ＵＳＮＡ也將他們視為犯罪預備軍，持續由當局監視。

「這麼說來，確實有人得意忘形地在電視大喊這種事耶～」

「早，在聊什麼？」

插嘴打斷艾莉卡這句話的，是一如往常坐在達也前面座位（會提議換座位的「班導」在這一班不存在，所以理所當然不會換座位）的雷歐。

「今天怎麼這麼晚？」

達也舉起單手回應雷歐簡短（壓縮？）的問候，並且如此詢問。從外在印象來看可能令人意外，但雷歐很少像這樣在最後一刻趕來上課。

「啊～昨天在辦雜事而熬夜了……不提這個，你們在聊什麼？」

「聊那個『吸血鬼事件』。」

美月的回應令雷歐板起臉。

他口中發出「又來了啊……」的低語聲，但剛好在這時，終端機顯示第一堂課開始的訊息，所以還來不及確認細節，早上的閒聊就散場了。

◇　◇　◇

出現在學校餐廳的深雪，身旁沒有那位金髮的同行者。

他們並沒有約定見面，所以沒人對這件事感到疑問或不滿。因此達也這麼問與其說是在意，更像是單純不經意地想起。

「妳今天沒和莉娜在一起啊？」

不過，妹妹的回答超乎達也預料。

「哥哥，她今天請假。聽說是臨時有家務事要忙。」

「這樣啊……」

留學沒多久就請假？雖然達也如此心想，但達也不認識她以外的魔法師留學生，無法斷言這樣是否異常。到頭來，如果她的真實身分正如預料，應該會有很多事情非得比上學優先。何況莉娜不可能將「家務事」以上的事情告訴深雪或穗香，所以達也不再追究。

艾莉卡與美月看來很在意（差別在於美月是「擔心」，艾莉卡是「好奇」），但她們知道詢問深雪也無從得到答案。眾人就這樣照例以少一人（不是莉娜，是雫）的七人圍坐在桌旁。

「對了，雫過得好嗎？」

艾莉卡看向穗香。

「是的，她看起來過得很好。還說課程沒那麼難。」

穗香立刻回應，絲毫沒有質疑的樣子。現代的通訊基礎建設，使得太平洋另一側並非那麼遙遠的距離。

「不過她說，她很驚訝那裡還留有和老師互相討論的教學形式。」

這件事令所有人露出驚訝又感興趣的表情。學習魔法的學生實際上沒辦法出國留學，所以幾乎收集不到國外教學方式的情報。

「那麼，莉娜應該也在各方面有所困惑吧？」

「好像沒有喔。」

深雪笑著否定美月的擔憂。事實上，美國和日本教學形態的差異，莉娜沒有不適應的樣子。深雪悄悄露出壞心眼的笑容，表示莉娜看起來像是打從一開始就只上過日本的魔法科高中。

幸好沒人看見她這張嬌媚的小惡魔笑容。朋友們的注意力全都集中在穗香隨後的驚爆發言。更正，應該說爆炸性的消息。

「昨天我在電話裡稍微提到了『吸血鬼事件』的新聞，雫也嚇了一跳。她說美國似乎也有發生類似案件。」

「咦咦！這是真的嗎？」

「我也有這樣問雫。不過，聽說案件並不是發生在雫所在的西岸，而是以中南部達拉斯為中心的區域。」

「我第一次聽說……」

最近受到姨母警告而格外注意ＵＳＮＡ相關新聞的達也，以意外又佩服的語氣低語。

「那邊似乎也有進行大規模的報導管制。雫說她也不是看新聞知道的，而是聽留學學校消息靈通的學生說的。」
穗香以靦腆的笑容說明，她可能很高興吸引到達也的注意。
點頭回應的達也，眼中蘊藏著形容為「感興趣」也過於強烈的光芒。

◇◇◇

達也等人熱烈地談論留學好友的話題時，前來留學的金髮碧眼高中生，目前正在ＵＳＮＡ大使館開會。
「也就是說，弗列迪……更正，佛瑪浩特中尉的大腦皮質，出現了凡人絕對不會形成的神經構造嗎？」
「用『凡人』這個詞或許會招致誤解。」
會議持續到午餐時間，但包含莉娜在內，沒人提議中斷會議。
回答的男性沒穿白袍，看起來卻完全是科學家。
「經過解剖，我們在亞弗列德．佛瑪浩特的大腦發現特殊神經構造。包含魔法師在內，至今未曾在人類的大腦皮質觀測到。具體來說，大腦額前葉皮質形成類似小型胼胝體的組織。」
科學家看見列席者大多露出聽不懂的疑惑表情（莉娜當然也是其中之一），再度以講課般的方式開始說明。

「人類大腦分為左半球與右半球，各位都知道吧？」

他確定所有列席者點頭之後說下去。

「左右半球是在大腦中心部位，以胼胝體連結。反過來說，一般人類的大腦，只在中心部位有這個組織連結左右半球。」

「額前葉皮質是大腦的表面部位……那裡原本沒有連結左右腦的組織？」

「正是如此。換句話說，佛瑪浩特中尉的大腦，有著人類不應有的組織。」

莉娜總算理解自己為何非得特地被找來開會。這確實不是隔著通訊線路就能說的事。

「這個組織究竟有什麼功能？我聽說額前葉皮質和思考與判斷力有著密切關係……既然那裡出現新的腦細胞，就代表思考能力受到影響？」

「我們USNA的魔法研究員之間，支持這樣的假設：大腦並非獨立的思考器官，真正的思考主體是靈子情報體，也就是『精神』。大腦接收來自精神的情報、將肉體的情報傳送給精神，是一種通訊器官。」

科學家露出客套的笑容，搖頭回應坐在正前方的高階武官提出的這個問題。

「依照這個假設，佛瑪浩特中尉的大腦形成的新神經構造，可能和至今未曾下載的未知精神機能相互連結。」

列席者再度浮現不知所措的表情。其中，沉思的莉娜舉手要求發言。

「少校，什麼事？」

科學家催促莉娜發言，但她無法立刻開口。三秒過後，莉娜才以極度吸引男性目光的朱唇，編織出這個問題。

「……博士，這種未知的精神機能，是否可能是從外部干涉意識的未知魔法？」

科學家間不容髮地回應。

「我想，希利鄔斯少校是想提出佛瑪浩特中尉遭到控制的可能性，但是很遺憾，這種可能性不存在。雖然是假設，但精神與肉體無疑是一對一的配對。即使能干涉他人的精神，應該也不會連大腦的組織構造都影響得到。除非使用改造他人精神構造的魔法。」

「改造他人精神構造的魔法」這段話，使莉娜回想起某個魔法師的傳說。但是這個魔法師已經死亡。這個人歷經長達二十年的住院生活，沒有結婚生子就辭世了才對。

莉娜微微搖頭，重設自己的思緒。

◇ ◇ ◇

現在還是下午上課時間，但三年級已經是自由上學。三年級的一男一女，無視於被束縛在教室或實驗室的一、二年級學生，悄悄在沒有他人的社辦見面。
不過，場中完全沒有甜蜜的氣氛。即使兩人的家長認為他們遲早會結婚也一樣（雖說如此，也只是諸多配對的候補選項之一）。
理所當然地，這場密會即使是「密會」也不是「幽會」。克人與真由美是各自代表十文字家與七草家來到此處。
「但我心想，為什麼我們要刻意挑這種地方？」
「抱歉。我判斷這是最不引人注目的方法。十文字家目前想避免刺激四葉家。」
「畢竟我家和四葉家，從兩個月前開始就是以現在進行式維持冷戰狀態。真是的，都是那個賊老爸多此一舉。」
真由美忿恨地低語，克人見狀不禁失笑。
「原來七草也會這樣說話。」
「哎呀，讓您見笑了。這樣很不檢點？」
真由美裝模作樣地撒了個嬌，於是克人的失笑變成苦笑。
「我和妳打交道的時候，經常覺得不被當成男性看待。」
「這是誤會吧？十文字在我認識的男性之中，最具備男子氣概。不過啊……」
「事到如今無法成為那種異性關係了。」

「畢竟從入學至今三年，我們是彼此的勁敵。」

兩人低聲相視而笑之後，同時一改先前的表情。不過在相視而笑時，兩人之間也洋溢著沉重的緊張感，所以氣氛稱不上有所改變。

「十文字，我要轉達家父……更正，轉達七草家當家七草弘一的口信。七草家希望和十文字家並肩作戰。」

「聽起來真危險。不是『協調』，直接就是『並肩作戰』啊……」

克人暫時停頓，以視線要求說明。真由美當然打算說明到對方理解狀況。

「關於吸血鬼事件，你知道多少？」

「只知道新聞報導的程度。我家的棋子沒七草家多。」

克人可以解釋為謙虛的這番話，使得真由美稍微放鬆嘴角。

「畢竟十文字家的宗旨是一夫當關。而依照只有人數多的七草家掌握的消息……」

真由美語帶玄機般停頓。

而且在克人催促之前說下去。

「吸血鬼事件的犧牲者是報導所說的三倍整。到昨天為止確認有二十四人犧牲。」

即使是克人，也不得不對此感到驚訝。

「……都是發生在東京周邊？」

「都在東京都內，而且集中於都心。」

克人雙手抱胸，陷入沉思。

真由美默默等待他開口。

「七草家掌握到警方沒掌握的受害者。而且出現受害者的地方，是有限的狹小區域……受害者是七草家的關係人？」

「一半是對的。警察沒掌握到的受害者，都是和我家有合作關係的魔法師。除此之外的受害者，也確認都擁有魔法師身分，或是具備魔法天分。例如魔法大學的學生。」

「換句話說……」

克人的表情出現肅殺氣息。

「凶手的下手對象是魔法師？」

「……十文字，你有點恐怖。」

但他的表情似乎對女高中生過於刺激。這是真由美裝出來的還是真心就暫且不提。

「唔……抱歉。」

而且即使是裝出來的，也足以讓克人消沉。

「還不曉得這樁連續殺人案的凶手是單獨犯案還是多人犯案，總之這個『吸血鬼』確實是以魔法師為目標吧。」

克人開始隱約洋溢起莫名的哀愁感，但真由美毫不安撫就面不改色地回到正題。她的本性果然是「小惡魔」無誤。

「從時間順序來說，首先是魔法大學的學生與職員受害，我們家調查這個案子的關係人反遭對方打倒，而且受害程度在這段時間擴大。」

「確實不能置之不理。」

克人深深點頭回應。他的表情各處依然殘留著真由美造成的打擊。

「沒有什麼線索嗎？既然對方的能力足以危害七草的魔法師，那麼可以推測應該是強化兵或魔法師，而且很有可能是外國人。在案件發生時間前後入境或來到東京的外國人之中，是否有人有嫌疑？」

真由美搖頭回應克人的詢問。七草家應該也有相同看法，並且已經調查過了。

「不過，說到在案件發生前後入境的外國人……」

真由美說到這裡支支吾吾，但看到克人催促說下去的視線，就半猶豫地說下去。

「有不少ＵＳＮＡ的魔法師留學生或魔法技術員入境。本校也來了一名交換留學生……十文字，你覺得她可疑嗎？」

「我覺得可疑，但她應該不是凶手。」

克人毫不思索就立刻回應。

「我不認為完全無關，但應該可以暫時扔著不管。」

「既然你這麼說的話……」

看來真由美也不是真的懷疑莉娜。真由美沒什麼自信地看著下方。見狀，克人問了她一件在意的事。

「但如果是這種狀況，我覺得更應該也請四葉協助。」

這次輪到真由美為克人這個中肯的提議板起臉。

「其實我也覺得應該這樣……但畢竟是我們違反不成文約定。除非父親主動道歉，否則應該沒機會和好。」

「但令尊卻不打算向四葉謝罪嗎……考量到弘一閣下與真夜閣下至今的恩怨，我不是無法理解……但是，四葉的態度很難得強硬到這種程度。」

四葉講好聽是走自主獨立路線，講難聽就是唯我獨尊路線（但唯我獨尊原本絕對不是負面意義），一直維持著「不在乎其他家系做什麼事」的立場至今。四葉如同鬼上身般，專注於提升自己的能力，只靠魔法力就和七草家並列為十師族之首，即使在十師族之中也堪稱異端。

四葉背地裡究竟在搞什麼鬼，克人有時也感到毛骨悚然，但是就他所知，四葉即使如此也不會擺出足以令師族會議分裂的明確敵對態度。雖然不方便對真由美說，但對立的種子大多源自於七草家。

究竟發生了什麼事？克人的這個想法大概顯露在臉上吧。

「我也不清楚細節，不過……」

真由美像是不情不願般地開口了。

「那賊老爸似乎偷偷介入國防軍情報部某個和四葉掛鉤的單位，結果東窗事發……」

「……原來如此。」

這樣就可以理解四葉的態度為何如此強硬。面對露出一副隨時會咬牙切齒的表情的真由美，克人只能如此附和。

現在的真由美心中，大概滿是對父親的惡言咒罵吧。經過一段不算短的時間，真由美總算恢復平靜的表情，再度正對克人。

「所以，你意下如何？十文字家願意和七草家並肩作戰嗎？」

真由美連詢問的語氣都變得鄭重。克人立刻點頭回應。

「我們就攜手合作吧。」

「雖然是老樣子……但你回應得真快。」

克人毫無迷惘的回應，使得真由美傻眼地低語。

「我剛才也說過。既然得知是此等事態，十文字家也不能置之不理。」

克人當然不會因為這種事就亂了分寸。

[5]

夜晚的澀谷，人潮絡繹不絕。但這是以巨觀角度觀察澀谷為前提。

進入深夜，就會在短時間內出現蟲蛀般的無人場所。例如大樓之間極為狹窄的暗巷；建造在大馬路和小巷的夾縫，聊勝於無的小小公園——只能擺一張長椅，如同彈丸之地的這塊綠地同樣也是如此。

不過即使人潮斷絕，也不代表毫無人影。公園裡有兩個人形個體。其中一個身穿長大衣加圍巾，深戴一頂圓邊帽，別說長相，甚至連性別都看不出來，是如同黑影的人物。另一個身穿時尚短大衣，底下是毛線上衣、單片迷你褲裙加上厚實內搭褲，是已經斷氣的年輕女性。

女性屍體橫躺在長椅上。壓在屍體上的戴帽子人物起身後，第三個人影從後方搭話。

（又不適合？）

長大衣、圍巾、帽子。造型和第一人完全相同的人影，以沒震動空氣的聲音詢問。

（不行。這次試著在送進複製體之後完全阻斷連結，卻和至今一樣，只從樣本的血液攝取想子，沒能完全附著就回來了。）

第一人同樣以無聲的聲音回答第二人。兩個人影是以思念波交談。

（意思是果然不能使用複製體？）

（不可能。因為我們本身就是原版的複製體。）

（嗯……那就代表即使擁有天分，如果沒願望就無法成為我們？）

（天底下有誰毫無願望？）

（意思是還需要其他條件？）

（為了查出條件，必須取得更多樣本。）

（……這部分未曾改變。）

（我是我。如同你是你。一切都未曾改變。）

（說得也是……唔？）

兩個人影停止以意念交談，轉頭看向相同方向。

（有人突破靈力護罩。兩人……不，三人？）

（但現在還在摸索階段，所以護罩強度設定得比較強啊。看來對方天分很高。）

（我們這邊是兩人。要撤退嗎？）

（不，機會難得。既然足以突破靈力護罩，或許是適合的個體。幸好殿後的一人和另外兩人有段距離，應該可以在他們會合之前制服前兩人。）

（好吧。各位也沒意見吧？）

各處傳來肯定之意。兩個人影將屍體留在長椅，消失在路燈光芒之外。

◇　◇　◇

雷歐今晚也在澀谷行走，但卻不是一如往常的「漫無目的」。他向認識的人打聽詭異人物的傳聞，依循目擊情報親自走訪。

雷歐也不曉得自己為什麼這麼熱心地像是刑警般查案。

正義感？其他地方也有發生沒天理的犯罪。

地盤意識？澀谷並不是他的地頭。

好奇心？其實他對凶手的真面目沒什麼興趣。

「不知為何無法坐視」似乎是最接近的答案。

雷歐回顧自己的心情，做出這個結論。

在夜晚行走，踏步深入黑暗之中。昆蟲振翅般的細微聲響，從剛才就斷續傳來。聲音不是傳入耳中，是掠過雷歐意識底層附近。

不明就裡。雷歐的感官只認知為單純的雜音，但他直覺認為這是交談聲。

在意識底層，魔法施展領域附近交談的聲音。雷歐如同受到吸引般接近訊號源頭。

◇ ◇ ◇

STARS是ＵＳＮＡ的核心魔法戰力——雖說如此，但美國並不是將從軍的魔法師統統都分發到STARS。現在由國際公認的ＵＳＮＡ三名戰略級魔法師中，只有安吉・希利鄔斯任職於STARS。另外兩人分派到阿拉斯加基地以及國外的直布羅陀基地。

即使如此，STARS的魔法師也毋庸置疑是ＵＳＮＡ軍進行魔法戰鬥時的主力。得到一等星代號的魔法師，更象徵著「世界最強的魔法戰力」。因此「一等星」北落師門——亞弗列德・佛瑪浩特的脫逃事件，大幅震撼ＵＳＮＡ軍高層。對於ＵＳＮＡ來說，這次的脫逃事件無法以處決佛瑪浩特一人就作結，必須將其他逃亡者悉數處決以儆效尤。

如今，在夜間澀谷快步前進的兩人，也是受命前來處決逃亡者的ＵＳＮＡ軍獵人。兩人所屬單位名為「STARDUST」，和STARS一樣是直屬於ＵＳＮＡ軍統合參謀總部的魔法師部隊，是沒能成為繁星的星塵。即使如此，這些魔法士兵依然具備充足戰力。放棄泛用性，將特定領域的能力等級強化到足以匹敵STARS正規隊員，這種魔法師就是STARDUST。這次獲選為狩獵逃亡者小組的成員，皆善於搜查及追蹤。這些強化魔法師植入了日本尚未實用化的技能，可以識別想子波形式並且偵測痕跡。

而且在今晚，「她們」終於偵測到其中一名逃兵，STARS的衛星級戰士「第二魔星」——查爾斯·沙立文的想子波，和對方拉近到徒步距離之內。

「他在前方的空地。」

獵人停下腳步這麼說。聞言，搭檔點頭回應，從大衣口袋取出情報終端機開啟地圖。確認只有這條沒叉路的巷子，通往偵測到沙立文反應的公園。入口分別位於她們兩人現在位置的左邊與右邊轉角處。

「只偵測到一人的反應，夾擊吧。我往右。」

時尚大衣、短裙、繽紛褲襪加短靴。偽裝成享受夜遊的年輕女孩，隱藏美軍身分的女性魔法師，只有語氣維持原本的個性向搭檔提議。

「我明白了……對方開始移動了，快行動吧。不過我們得同時出手。」

「收到。」

兩名獵人兵分二路前進。

壓得低低的帽子與圍巾之間，是描繪著展翅黑蝙蝠的灰色面具。完全沒露出肌膚的長大衣人影，一邊行走一邊看向小巷出口。面具隱藏的嘴角刻劃著些許嘲笑。

（是軍方的追兵啊。居然只派兩個STARDUST應付，真是小看我。）

（因為他們只知道以前的你吧。）

隱藏身影的同胞傳來思念波，「曾經是」查爾斯．沙立文的他，臉上的嘲笑改為苦笑。他成為現在的自己之後，無法對同胞有所隱瞞，絲毫沒有隱私權。但是「現在的」查爾斯．沙立文不會感到不快。這種事對他們來說理所當然，到頭來根本沒理由感到不快。

意識集中在眉心深處，就看得見所有同伴的想法。他們透過左右腦中間誕生的新感官共享意識。他是名為查爾斯．沙立文的個體，也是「他們」的一部分。

（原來如此。既然她們只知道曾是衛星級的我，我就能預測她們的策略。無須支援。）

沙立文傳送的意念，得到如同來自蜂窩的振翅喧囂聲回應。

（我這邊只會預先做準備，以防萬一。）

成形的回應，來自潛藏在旁邊的同胞。

雙方在下一秒接觸。

「逃兵第二魔星，舉起雙手張開十指！」

來自沙立文前方的年輕女性聲音如此喝令。同一時間，如同刮玻璃一般的無聲雜訊，從後方投射過來。

噪音的真面目是「演算干擾器」釋放的想子波。這是ＵＳＮＡ軍魔法技術部門所開發，對抗魔法師的隨身武器具備的魔法干擾功能。演算干擾器的干擾波，和使用晶陽石的演算干擾不同，並不是平等干擾所有魔法的雜訊。演算干擾器是妨礙CAD功能的機械，刻意引發同時使用複數CAD時的想子波干涉現象，妨礙啟動式的讀取程序。一般來說，這種干涉現象只會發生在相同人物的想子波，不過USNA軍研發出分析對方想子波形式的技術，可以藉此（在限定條件下）癱瘓CAD功能。

這並不是所有人都能使用的裝備。要使用演算干擾器，釋放想子波類型的無系統魔法技能必須夠高，而且有效射程頂多五公尺。不過在無須晶陽石的魔法妨礙裝置之中，演算干擾器是USNA軍劃時代的祕密武器。

沙立文面對直指而來的槍口，將雙手舉到頭上，按照指示張開手指。一般人聽不懂的這個指示，是用來禁止對方操作CAD。身為追緝者兼劊子手的她們收到的資料顯示，第二魔星沒有CAD就無法使用魔法，身體能力僅止於一般士兵的等級。只要封鎖他的魔法，就不可能敵得過身為魔法師，同時接受生化學強化措施的她們。理應如此。

「上頭決定格殺勿論。但也指示要是你提供其他逃兵的情報，可以罪減一等。」

手指掛在扳機上的獵人如此勸告。對此，沙立文舉著手聳了聳肩。

「第二魔星，只給你十秒鐘考慮。」

「不，沒必要。」

沙立文的回應別說恐懼，甚至絲毫不緊張。獵人大概是對此困惑而沒開槍。

「記得妳們是STARDUST搜索班的獵人Q（17th）與獵人R（18th）吧？」

對方說中代號，Q原本放鬆的手指再度用力。

「妳們打不倒我。」

槍聲在沙立文悠哉放話的同時響起。消音器將開槍聲減低到和玩具空氣槍沒有兩樣，但射出的子彈貨真價實地足以奪命。

壓抑音量的哀號，從沙立文的後方響起。射出的子彈不是命中槍口直線軌跡所在的沙立文胸口，而是打中獵人R的手臂。

「不應該對我用槍。妳沒聽說嗎？」

「是軌道曲折術式？」

沙立文輕蔑地告知的這句話，使得Q愕然地低語。她們知道沙立文擅長干涉運動物體軌道的魔法，但聽說他非得使用ＣＡＤ才能發動。

「演算干擾器無效……？」

「不。」

沙立文沒有回頭，就否定按著手臂的R說出的這句細語。

「演算干擾器有正常運作。不過……」

Q與R以氣氛感覺到，沙立文在描繪蝙蝠的面具底下咧嘴一笑。

「我已經無須CAD。」

Q將槍插回裙底所藏的槍套。兩名獵人從大衣袖口抽出小刀，同時從前後攻擊沙立文。

她們的突刺是以強化過的身體能力施展，一般人理應不可能迴避。但沒受過強化措施的沙立文輕盈躲開每一刀。這不是只靠運動能力的閃躲。R瞄準沙立文脖子的刀刃，軌道不自然地往側邊偏移。在R刀子像是被拉扯般失去平衡時，Q迅速鑽到R前方，牽制試圖攻擊的沙立文。

「居然能改變手中刀子的軌道！你為什麼能使用這麼強力的魔法？」

「無法理解嗎？我已經不是以前的我了！」

「笑話！」

突刺轉為揮砍，Q的刀子改變刀路斜劈，劃破沙立文的大衣後，滑過底下碳纖裝甲的表面。

R從後方突擊，刀尖瞄準裝甲縫隙，從斜下方插進去！

「咕！」

但R的刀子只擦過沙立文門戶大開的胸前。刀的軌道再度被扭曲，R出聲，失去平衡。

沙立文以魔術般的俐落手法，從手中變出一把和獵人所握完全相同的刀。

沙立文的刀，就這麼朝R的背上砍下去。

但是，刀尖被建構在空中的透明牆壁架開。

「方向反轉術式？這個強度是……！」

「少校！」

Q的大喊了蓋過沙立文這番話。

沙立文瞬間理解箇中含義，撲向依然失衡的R。

利刃從天而降。

四把短劍從上空襲擊跳躍起來的沙立文背部。

沙立文的身體大幅往右偏。

跳向R的軌道朝右方滑移，躲開來自上方的短劍。

沙立文在著地的同時將R撞向Q，朝兩人射出四把刀。

原本射向沙立文的短劍，在即將觸地時轉移方向，打下瞄準Q與R的刀。

沙立文趁隙朝大樓外牆往上跳。

朝兩側外牆猛蹬三次，來到形成小巷的大樓頂部。

紅髮金眼的蒙面魔法師仰望他，準備以相同路徑追捕。

然而，巷子另一頭新出現一個活化的想子波動，使得「她」放棄追蹤。

不，她是為了防止新的犧牲者出現，而快步跑向巷子深處。

◇　◇　◇

戰鬥氣息急遽膨脹。對此，雷歐並非加快腳步，而是停下腳步。他之前對壽和說「不會輕舉妄動」並非隨口說說。雷歐基於本能明白，接下來不是能以好奇心闖入的領域。

他從口袋取出通訊元件，寫封短信到壽和提供的郵件網址，內容是「吸血鬼在這裡」。這是公開身處位置寄的郵件，只要壽和立刻看信，應該就逮得到血腥命案的嫌犯。雷歐為了避免進一步被波及，轉身準備離開——於此時察覺躺在公園長椅的人影。

善意與戒心相互拮抗，後來防衛本能屈服了。與其說是心腸好，應該說是恐懼心薄弱。可能是天生強者的缺點也遺傳給他這個後代了吧。即使如此，雷歐也沒有放鬆警戒，慎重走向癱軟地躺在長椅的年輕女性。

「喂，妳還好嗎？」

雷歐戰戰兢兢地伸手，輕輕搖晃這名女性的肩膀。沒有反應。雷歐以手指碰觸她的頸子，接著繃緊表情。肌膚冰冷，沒有脈搏——不對，隱約又微弱的律動沿著指尖傳來。

雷歐慌忙取出通訊元件。緊急聯絡的對象不是警察，是救護車。就在雷歐要轉告有人即將衰弱致死時——

他反射性地轉過身來，將握著終端機的手高舉在眼前。

通訊元件粉碎。雷歐向後飛退之後，得知對方的武器是伸縮警棍。

對手很奇怪。圓邊帽底下是只有眼睛部位開洞，令人感到毛骨悚然的純白面具。附披風的及踝長大衣完全藏起身體線條，連性別都無法辨識。不對，別說性別，雷歐甚至不曉得對方是否真的是人類。

雷歐的意識底層，響起昆蟲振翅般的雜音。還是一樣聽不懂。但雷歐此時莫名覺得這個「聲音」是在警告催促著撤退的同伴。

他分心在意雜音時，蒙面怪客瞬間拉近間距。雷歐知道這是自我加速術式，卻完全看不出啟動式發動的徵兆。對方出其不意突擊的速度，快得像是直接構築魔法式。雷歐使用硬化魔法後的下一瞬間，以左手硬擋橫揮過來的警棍。

響起某種物體扭曲的低沉聲音。

眼看警棍折彎，面具底下透露出動搖的氣息。

「這樣很痛耶！」

雷歐的上鉤拳命中怪客胸口，發出清脆的響聲。

怪客大幅向後方踉蹌，雷歐像是很痛般揮動雙手。但是看起來沒骨折。硬吃了鋁合金警棍一記的左手也正常活動。

「大衣底下是碳纖裝甲？真誇張。」

早知道應該準備武器過來——雷歐暗自在心中後悔，謹慎注視著蒙面怪客而擺出架式。他直覺認為這個怪客是「吸血鬼」。

怪客扔掉警棍，雙手往前平舉。側身往左，左拳舉到下巴高度，右拳舉到心窩前方。雷歐覺得這種架式很像中國拳法。同時察覺到另一件事。這個拳頭的大小，簡直像是女性——

怪客隨風襲擊而來。這是自我加速加上流體移動魔法的順風助攻。

薄如剃刀的刀刃乘風射來，被雷歐已經展開硬化魔法的外套彈開。

怪客揮下手刀，雷歐以左手迎擊。

怪客抓住雷歐的左手。

這一瞬間，急遽的虛脫感襲擊雷歐。雷歐的右拳因而停止。

怪客的右手伸向雷歐胸口的心臟位置。

雷歐拚盡意志力，讓右拳再度啟動。

怪客右手碰到雷歐胸口的瞬間，雷歐的拳打在怪客的膻中（胸腔中央的要害）。

怪客翻了個筋斗，滾倒在地。雷歐則是承受不住虛脫感而跪地。

剛才那一拳傳來確實的手感，但雷歐也知道並非致勝的一拳。

在這時候放開意識，將會承認自己敗北。沒人保證這樣的結果不會是人生的終結。如此心想的雷歐鞭策自己抬起頭。

怪客已經起身。雖然按著胸口，不過那一拳果然不足以剝奪戰鬥力。但怪客不知為何沒有追擊，也沒看著雷歐。

雷歐感受氣息，沿著怪客隱藏在面具底下的視線看去，發現那裡站著「鬼」。

紅色的頭髮、金色的雙眼。個頭看起來不高，不曉得是距離太遠還是雷歐意識不清。

雷歐意識逐漸模糊時，似乎看見怪客在視野轉九十度的夜晚城市逃離，鬼也緊追不捨。

化為蒙面魔法師「天狼星」的莉娜，朝倒在路面的雷歐掃視一眼，展露迷惘的樣子。但這也只是一瞬間的事，安吉・希利鄔斯選擇追捕怪客。剛才為了優先救出獵人，導致戴著蝙蝠面具的怪客——「第二魔星」查爾斯・沙立文逃之夭夭。她不能再讓白面具的怪客逃走。

「希兒薇，成功識別對方的想子波形式了嗎？」

莉娜詢問移動基地裡的希兒薇雅，但收到的回應不甚理想。

『抱歉。雜訊太多無法查明。』

「監視器怎麼樣？」

莉娜得知無法依賴想子雷達，改為詢問是否能以低高度衛星的監視器追蹤。

『目前還捕捉得到。但畢竟是市區，障礙物很多，不知道能追蹤多久。』

「我明白了。繼續追蹤。」

莉娜知道無法依賴技術支援之後加快速度。即使是深夜，路上依然滿是年輕人。怪客殘留的想子混入人群氣息，頓時稀薄了下來。莉娜將自我加速魔法切換到高速檔，以免跟丟以超人速度逃走的怪客背影。

白蒙面人似乎察覺距離拉近，忽然改變路線。

從繁華區走上坡前往住宅區。綠意增加，人煙減少。

這樣正合莉娜的意。人數減少，就可以輕易辨別想子。白蒙面人忽左忽右穿梭在不同小巷，莉娜以殘留想子為線索追蹤。雖然跟丟背影的次數增加，感應想子波形式的非五感知覺卻捕捉到強烈訊號。莉娜以自己的經驗判斷對方就在不遠處，並且終於追上。

在本應追到對方的公園——想子雜訊籠罩莉娜。

（演算干擾？）

莉娜主動打消了自己內心浮現的想法。自我加速魔法的效果完全沒打折。即使對自己產生作用的魔法不容易受到演算干擾的影響，也始終是「比較不容易」，並非完全不受影響。即使是莉娜——天狼星的魔法技能，也無法完全阻絕演算干擾的效果。所以這股雜訊是另一種東西。

（糟了！）

莉娜立刻察覺雜訊的真面目。不對，是被迫得知。

她已經看不見正在追捕的白蒙面人留下的想子。不是消失，是無法辨別。

莉娜也總算明白對方引導她來到人少區域的理由。自己容易辨別對方的想子波形式，就代表對方也容易辨別自己的。這種雜訊是一種遠距離魔法。白蒙面人為了瞄準莉娜產生這種雜訊，才將莉娜帶到居民熟睡，寧靜住宅區裡的無人公園。

（……雖然不甘心，但光靠一個人不可能嗎……）

『少校，怎麼了？』

通訊機傳出希兒薇雅有些慌張的聲音，大概是擔心忽然停步的莉娜出事。

「我追丟了。接下來回到移動基地。」

莉娜不甘心卻灑脫地說出自己的失敗。

◇◇◇

千葉艾莉卡的一天很早就開始。在天亮前揮汗鍛鍊，是她每天的例行公事。

直到十歲，她都無法違抗父親，只能乖乖聽話。

直到得知自己是何種身分的十四歲當時，她的心態大概比任何人都像是千葉劍士。

直到去年三月，只是慣性地在練武。

不過，自從去年四月認識他，艾莉卡就主動期望，以己身意志想變強。

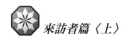

早上的鍛鍊不握劍。看出艾莉卡天分的父親，為了將她培養為祕劍「山怒濤」的使用者，不對，是只為了讓她成為山怒濤使用者而栽培。傳授給她的是速度之劍，化為疾風而斬、化為雷光而劈的疾風迅雷。因此她接受的修行，特別重視強化腳力的跑步訓練。

失去目標的惰性日子裡，很容易怠忽的路跑訓練，自從以己身意志決定「要比現在更強」的那一天，她只要在家就肯定每天進行。

今早艾莉卡也在鬧鐘響起的同時從床上起身。艾莉卡的體質不太習慣早起，就算身體有所反應，意識也不會立刻清醒。即使如此，反覆數千次而植入的習慣，使她的雙腿移下床。

忍著呵欠的她，只有雙腳穩重無恙地前往和寢室相鄰的專用浴室。雖說是浴室，也只是有個淋浴間加上洗臉臺。但單人房就具備這種完善設備的原因，在於艾莉卡是資產家的女兒，這絕對不是在一般家庭普及的東西。

千葉家的當家，至少沒有吝嗇到在物質生活層面，讓孩子面臨差別待遇。

即使是寒冬，艾莉卡也沒有開熱水器，以幾乎結冰的冷水洗臉，總算讓意識清醒。她站在衣櫃前面準備換上運動服時，發現視野一角的手機亮起收到郵件的燈號。

現在還沒天亮，正確時間是清晨五點半。她昨晚十一點半就寢，當時並沒有未讀郵件，代表這是在深夜寄達的。可能是某種艾莉卡自己也無法說明的預感，促使她優先開啟郵件閱讀。

純文字郵件由於格式簡單，至今依然沒有作廢而繼續使用。艾莉卡一看到郵件主旨就蹙眉。

看完內文之後，以像是聽得到咬牙切齒副音軌的聲音低語。

「那個笨老哥……怎麼叫笨蛋做那種事啊……」

艾莉卡粗魯地脫掉睡衣，更換內衣。

她從衣櫃取出的不是運動服，而是毛衣與裙子。

達也是在即將離家上學時接到這個壞消息。

不是來自家裡電話，而是送到行動終端裝置的純文字訊息。這種訊息格式一般只會用在以迅速為最優先的災害預報公告，因此洋溢著不祥的急迫感。不過這種模糊的急迫感，只會在看過內文之後立刻被覆寫而消失。

寄件人是艾莉卡。

「哥哥，是不好的消息？」

深雪敏銳地感覺到哥哥的情緒波動，以擔心的眼神仰望達也。

在這個時候，達也沒有讓妹妹遠離禍因的想法。

「艾莉卡告知雷歐被吸血鬼襲擊，已經送進醫院了。」

「……這不是玩笑話吧？」

媒體具備劇場化效應。例如即使是在鄰鎮發生的事件，經過媒體大幅（也可替換為「誇大」）報導之後，會誤以為這是和自己無緣的虛構世界發生的事。何況本次案件源自「吸血鬼」這種超乎常軌的存在，或許難免沒有真實感。然而——

「這是事實。」

即使看起來再怎麼超乎常軌，不正視事實只會造成負面效果。必須正面迎向威脅，才有辦法擬定對策。

「雷歐他似乎正在中野的警察醫院接受治療。沒有生命危險是不幸中的大幸，所以我們放學再去探望吧。」

「——好的。」

對於深雪來說，西城雷歐赫特只是透過哥哥認識的朋友。既然達也說放學再去就好，深雪就沒有理由反對——無論她心中抱持何種想法都一樣。

◇◇◇

這天，艾莉卡向學校請假了。

達也、美月、幹比古以及學校校務處都收到這個消息，所以大家應該都知道。

不過，艾莉卡以看護的名義所看管的雷歐病房（雖說如此，艾莉卡是坐在病房門外走廊的長椅）居然有高年級學生造訪，這件事應該沒人知道。

三年級是自由上學，所以時間不成問題。但是前任社團聯盟總長與前任學生會長，前來探視一名和社團聯盟或學生會無關的學生，不可能有人預測得到這種事。如果是現任社團聯盟總長與現任學生會長前來探視，還處於預料的範疇之內。

克人朝著坐在門口旁邊的艾莉卡一瞥，立刻以不再關切的表情面向門。真由美以範本般的客套笑容問候艾莉卡，並且同樣立刻面向門。

艾莉卡沒有阻止真由美敲病房（單人房）的門。

她不是在看護雷歐，只是在看管（正確來說不是看管雷歐，而是監視造訪雷歐的「不速之客」）而已，所以沒理由阻止。

艾莉卡站起來，沒向兩名學長姊打招呼，就經過他們身後離去了。

艾莉卡前往醫院的其中一間辦公室。

她的哥哥與其親信在裡面。

艾莉卡沒敲門就入內，使壽和尷尬地稍微移開視線。

壽和的臉頰有點紅腫。不對，幾乎已經消腫。艾莉卡看到哥哥的臉，後悔剛才應該打得更用力才對（她不是甩耳光，是握拳反手打）。

畢竟這個「笨老哥」毫無抵抗任她打的機會很難得。

艾莉卡心想，要是能稍微宣洩兒時累積至今的怨恨，就不應該放過任何瑣碎的機會。

「……那個，大小姐，妳是不是在想什麼危險的事？」

艾莉卡伴隨著昏暗喜悅的思緒被打斷，朝稻垣投以銳利的視線。

稻垣懾於氣勢，眼神游移。

艾莉卡遭到父親冷漠對待，但有許多門徒支持她。

開朗的個性、嬌媚的美少女外型，最重要的是祕劍「山怒濤」唯一使用者的事實。在實戰得心應手地施展山怒濤的實際成績。她不是藉由當家女兒的血統，而是以劍技與她自己的魅力，在千葉一門取得偶像般的地位。

被她狠瞪，在門徒之間可能會留下各種令人不自在的回憶。

不只如此，稻垣的本事無法對抗艾莉卡。要是被指名擔任練武對象，應該會任她修理得落花流水吧。艾莉卡天賦異稟，加上這半年突飛猛進，如今在千葉一門之中能對抗她的劍士，據說只有當家與兩個哥哥。艾莉卡實際上具備免許皆傳的實力，之所以還沒得到皆傳身分，是顧慮到她在劍術領域只擁有平庸實力與天分的姊姊。這是門徒之間公然流傳的事情。

「老哥。」

壽和聽到艾莉卡叫他，不情不願地看向艾莉卡。雖然用詞非常陽剛，但是很適合現在沒有隱藏不悅情緒的艾莉卡。

「七草與十文字的直系後代，正在探望那個傢伙。」

你知道他們的來意吧？艾莉卡沒說出這句話，只以視線威嚇般地如此詢問。

艾莉卡的嚴厲視線，使得稻垣身體更加僵硬，但壽和似乎並沒有這麼怕妹妹。

「昨晚和西城一起得救的女性，似乎是七草家的家人。」

「只有這樣？」

「上頭交代，不准深入追問。」

壽和裝模作樣地平攤雙手聳肩。

大致預料得到的這個回應，使得艾莉卡咂了個嘴。

「霞關就算了，櫻田門是這邊的管轄區吧？」

「我們的單位在霞關。」

「真沒用。」

艾莉卡忿恨地低語，但還殘留著不繼續亂發脾氣的理性。

「竊聽器呢？」

「在他們進房的同時壞掉了。妖精公主的多重觀測，性能好到出乎我的預料。」

妖精公主是從真由美的綽號「妖精狙擊手」衍生的稱呼，是以射擊系魔法競賽選手為中心使用的暱稱。妖精給人嬌小的印象，所以眾人認定很適合真由美。但基於相同理由，沒有人在當事人面前用過這個暱稱。

「越來越沒用了……那麼，設置在房外的那個東西呢？」

「那個因為內部隔離音波而癱瘓。是十文字的護壁魔法。」

稻垣公式化的回應，使得艾莉卡連「沒用」都說不出口了。

「那我聽推測就好。你心裡有底吧？」

被艾莉卡一瞪，壽和再度聳肩。

「真的只是推測喔。七草似乎想隱匿受害者。」

「……意思是要隱藏屍體？」

這個「推測」的火爆程度出乎意料，艾莉卡無法隱藏驚訝之意而直接回問。

隱藏屍體是湮滅證據的一種方式。雖說在意義上並非是將自己殺害的屍體處理掉（遺棄或損毀），也無法斷言不違法。即使十師族擁有超脫法規的特權，但居然在發生大量殺人這種重大犯罪行為時妨礙警方辦案……

艾莉卡想到這裡，察覺了背後隱藏的意義。

「換句話說，這次的『吸血鬼事件』和魔法師有關？」

「應該是。但不曉得是受害者還是加害者。」

「受害者？如果是魔法師犯罪，我能理解他們不想交給警察，而是自己私底下處理。但如果魔法師是受害者，就沒必要對警方隱瞞吧？」

壽和咧嘴回應妹妹挑釁般的話語。

「這就是重點。我因此覺得本次案件沒那麼簡單。」

◇◇◇

放學後——

達也帶著老班底，前來中野的警察醫院探望雷歐。達也在櫃檯詢問病房位置之後走向電梯。在電梯前方不遠處，旁邊有人叫他的名字。

「各位，你們來啦。」

「艾莉卡，妳還在？」

達也從早上的郵件得知事件經過。艾莉卡的長兄負責吸血鬼事件，雷歐協助辦案時遭事件波及。艾莉卡為了讓哥哥負起責任（不是由她負責）而向學校請假，前往雷歐被送往的醫院。以上就是郵件內容。

不過，眾人是在上學之前收到通知，現在是太陽即將下山的傍晚時刻，形容為「還在」應該

「我並不是一直在這裡。我已經回家一趟，大約一小時前再度過來。因為我想達也同學和大家應該會來。」

艾莉卡和大家一起陸續進電梯，同時回答達也的疑問。

她的聲音與表情很自然，不像是在說謊。

因為過於自然反而有點假。這件事大概只有艾莉卡本人沒察覺。

「艾莉卡，雷歐同學沒事嗎……？」

在電梯裡和艾莉卡並肩的美月輕聲詢問。即使立刻就能親眼確認，但還是在擔心吧。某些人的這種情感很容易凌駕於理性。

「美月，不要緊。我寫郵件說明過吧？他沒有生命危險。」

不過，也有某些態度不一定適合所有人。艾莉卡以溫柔眼神俯視鬆一口氣的美月，但要是陽剛味重的男生做出相同的事，她肯定會冷漠以對。

雖然沒有說出口，但抱持相同擔憂的人似乎不只是美月。艾莉卡在稍微放鬆的氣氛中，輕敲病房的門。

「是，請進。」

裡面傳出年輕女性的聲音。

「花耶小姐，打擾了。」

艾莉卡無視於難掩困惑的朋友們，開門快步入內。

在這種時候，最快恢復正常的果然是達也。

達也在艾莉卡的身影消失在入口掛簾後方之前，進入了病房。

深雪迅速跟上，穗香見狀小跑步追過去，美月與幹比古相視之後進入病房，關上門。

這間個人病房頗為寬敞，換言之頗為高級。在裡面迎接眾人的，是露出一臉無聊表情坐在床上的雷歐，以及坐在旁邊折疊椅的灰髮年輕女性。

她的年齡大概比眾人大四、五歲左右吧。髮色很像艾尼布利榭的店長，令人聯想起相同民族的血統。而且她的五官要是輪廓深一點並且換個性別，就和雷歐一模一樣。兩人令人感受到足以如此想像的血緣關係。

「這位是西城花耶小姐，是雷歐的姊姊。」

眾人還沒出聲提問，艾莉卡就介紹這名女性。她的真實身分正如達也等人的推測。

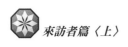

花耶起身向達也等人恭恭敬敬地低頭致意。雖然稱不上優雅或洗練，卻是和學生不同等級的端正動作。

花耶和眾人打過招呼之後，拿著花瓶離開病房。這就是「換水」的意思，但不用問就明顯知

「他姊姊看起來好溫柔。」

美月看著花耶背影離去的房門低語。這番話肯定不只是客套話，更是她的真心話。

達也同樣這麼認為，而且也看不出其他人臉上有異議。

不過，雷歐稍微露出有苦難言的表情，令人覺得家家有本難念的經。

「這次真慘。」

所以達也沒有深究。雷歐的家務事原本就和他無關。

「讓各位見笑了。」

雷歐害羞地露出笑容，沒有剛才那張苦澀表情的痕跡。

「不過你看起來沒受傷。」

「這麼輕易就被打倒還得了。我也不是毫無抵抗啊。」

「那你是哪裡中招？」

達也對露出無懼笑容的雷歐，投以理所當然的詢問。

下一瞬間，雷歐收起笑容。

「這我實在不清楚……」

但他並未消沉，露出不是不服輸，而是打從心底無法接受的表情歪過腦袋。

「對打時，我身體忽然虛脫。我以最後的毅力打出一記好拳，對方就逃走了。但我也站不穩而倒在地上。後來被艾莉卡當警部的老哥發現。」

「應該不是中毒吧？」

「嗯。檢查全身上下都沒有割傷或刺傷，血液檢查也都是陰性。」

確實不可思議。達也和他一起納悶，這時幹比古從旁插嘴。

「你有看到對方的樣子嗎？」

「要說有沒有看到，確實有看到。但對方帽子戴得很深，白色面具遮住整張臉，長大衣底下是硬式碳纖裝甲，看不出長相與體格。不過……」

「不過？」

「我覺得對方是女性。」

「……憑女性的臂力，足以和雷歐互毆到不分上下？」

「不是不可能吧？」

艾莉卡對睜大雙眼的幹比古提出反駁。

「只要用藥，小學女生都可以掐死成年男性。」

「這麼說也是……不過……」

「不過？」

「也可能對方從一開始就不是普通人。」

「咦？Miki……難道你覺得世上『真的有吸血鬼』？」

幹比古輕聲說完後，艾莉卡瞪大眼睛反駁。

「我叫作幹比古。」

艾莉卡語氣隨便，卻真的是不分青紅皂白就否定。因此幹比古鬧彆扭般回以制式抱怨。艾莉卡難免有這種反應，即使把吸血鬼當成八卦題材說笑，但連魔法師之中也鮮少有人相信這種妖怪真實存在。

「你心裡有底嗎？」

不過，達也的反應不是多數派，也不是少數派。達也不相信妖怪真實存在，卻也沒否定對方「不是普通人」。

幹比古聽到達也這麼問，雖然有些猶豫，依然以透露自信的語氣回應。

「雷歐遭遇的對手，大概是『parasite』——寄生物。」

「類似寄生蟲那樣？不是字面上的意思吧？」

歪過腦袋的艾莉卡，不像是瞧不起幹比古的意見，這次反倒是透露純粹的好奇心。幹比古大概是心情因而好起來，以講課的語氣開始述說。

「Paranormal Parasite——超自然寄生物，簡稱寄生物。魔法的存在與威力曝光之後，不只是現代魔法試圖進行國際合作，古式魔法也不被准許閉門造車，無法避免國際化。繼承古式魔法的術士們，以英國為中心召開好幾次國際會議，試圖將用語與概念共通化、精緻化。」

「我知道古式魔法反而更熱中於國際合作。所以？」

幹比古說到過於投入而差點離題時被達也潑冷水，此時他輕咳一聲重整態度。

「寄生物也是在會議定義的名稱之一。妖魔、惡靈、精靈、惡魔，各國以不同概念稱呼的這些東西之中，寄生在人類身上，將人類改造到異於常人的魔物，以這個名詞統稱。古式魔法即使國際化依然遵守祕密主義，所以基本上，各位現代魔法的魔法師不知道也理所當然。」

「妖魔或惡靈居然真實存在……」

穗香聽幹比古如此說明，害怕地呢喃。

達也將手放在她的肩膀。

「原本世上也沒有人認為魔法真實存在，但如今我們確實使用著魔法。即使是未知的存在也無須貿然畏懼。」

達也並非少根筋地做出這種舉動。他知道自己對穗香的影響力很大。

所以，達也確認被他手心觸感嚇得一顫的穗香拭去內心的盲目不安後，就立刻收手。

他也察覺到穗香一副依依不捨的樣子，卻假裝沒察覺。

「這就是吸血鬼的真面目啊……」

達也說著看向幹比古。他曉得過於害怕會造成負面效果，也同時曉得無知會增加威脅。

幹比古沒有直接回應達也，以下定某種決心的表情再度面向雷歐。

「雷歐。」

「呃，嗯。」

過於注入幹勁的目光，甚至震懾了雷歐。

「方便讓我調查你的幽體嗎？」

「幽體？」

雷歐似乎聽不懂幽體這個詞，就這麼復誦詢問幹比古。這就某方面來說也在所難免。如果是「靈體」就算了，「幽體」是在現代魔法也很少用的詞，並不是雷歐特別愚鈍。

「幽體是連結精神與肉體的靈質打造而成，和肉體形狀相同的情報體。」

幹比古以指尖在半空中寫出大大的「幽體」兩字。

「幽體是精氣，換句話說就是生命力的聚合體。吃人血肉的魔物，據推測是透過血肉攝取精氣為糧。」

「換句話說，吸血鬼雖然吸血，真正需要的其實是一起攝取的精氣？」

幹比古以緊繃的表情，點頭回應艾莉卡的詢問。

「吸血鬼吸血、食人鬼吃肉。但他們原本不是具備物質軀體的生物，應該只需要攝取精氣就好了。如果我們古式術士傳承的說法是對的，就是這麼回事。」

「依照這種構想，即使有只吸取精氣的吸血鬼也不奇怪是吧。」

達也接過幹比古這番話，低語說道。

幹比古再度點頭回應他的細語。

「只要雷歐願意讓我調查幽體，應該就能釐清真相……老實說，這次的吸血鬼事件，我一開始就不認為只是異常人類犯下的單純血腥命案。不只是因為沒有抽血痕跡，而是古式術士的直覺這麼對我說。不過至今沒有證據，只是我的直覺，所以無法向各位提到寄生物的事。但雷歐卻因而遭受襲擊……」

「幹比古，沒問題。」

雷歐打斷幹比古自責的這番話。幹比古花了一秒才理解這句簡短話語的意思。

「……可以嗎？」

「嗯。應該說我才要拜託你。因為找不到原因就無從治療。」

雷歐這番話包含「原諒及允許」兩種意義。幹比古為了回應他的信賴，將表情繃得更緊，朝腳邊的書包伸出手。

幹比古使用毛筆字寫成的正統紙符咒，以及連達也都是第一次看見的傳統咒法具，確認雷歐的狀況之後，絲毫沒隱瞞驚訝之意。他大概沒想到要隱瞞吧。

「該怎麼說……雖然達也同樣了不起，不過雷歐，你真的是人類嗎……？」

「喂喂喂，你這番話真過分啊。」

如果是開玩笑就算了，但幹比古感觸良多地低語，就算是雷歐也無法一笑置之。

雷歐的心情明顯變差。

但幹比古並沒有在意這種事。應該說他驚訝到沒察覺這件事。

「沒有啦，因為……真虧你居然能醒著。精氣被吃掉了這麼多，要是普通術士肯定會一直昏迷不醒。」

「先不提什麼是精氣，你連失去的精氣量都查得出來？」

達也以佩服的表情詢問，幹比古以有些愉快的表情點頭回應。

「因為幽體的形狀和肉體相同。既然容器體積既定，就能大致推算原本容納多少精氣，以及損失了多少。」

幹比古瞇細雙眼，再度朝雷歐投以推測的視線。

「雷歐現在剩下的精氣很少，如果是普通人肯定爬不起來，甚至無法維持意識。你居然在這種狀態還能起身說話，代表肉體性能非常好。」

幹比古這番話只是不經意地說出。

但是雷歐繼承了提升性能的改造基因，「性能非常好」這種形容方式掏挖著他的心。

「還好啦。我的身體是特製的。」

即使如此，雷歐依然露出笑容。他知道對方並沒有惡意，做出亂發脾氣的難看舉動，違反他的主義。

「所以，我全身無力是因為這種精氣被蒙面女吃掉——我可以這麼解釋嗎？」

雷歐壓抑內心激動的浪濤如此詢問。

「我想應該是這樣。不過……」

「不過？」

「……如果光是在互毆的時候碰觸就能吸取精氣，應該不需要搶走血。雖然不曉得是以何種方法不留傷痕搶走血……但是這種寄生物為什麼要多費工夫奪走血？」

達也同樣無法回答幹比古這個疑問。事實上對方不是奪走血，只是讓死者「失血」，所以在這個時間點不可能得知真相。

面會時間結束後，五人離開病房。

這裡的五人是指達也、深雪、幹比古、穗香、美月。

艾莉卡說她要找哥哥壽和講事情，所以留了下來。

五人當中沒人將這種說法照單全收，但也沒人出言指摘這一點。

「對了──幹比古。」

「嗯？」

正在和美月聊天的幹比古，聽到達也忽然叫自己，疑惑地看向他。

達也的兩側是深雪與穗香。

雖然沒挽手，身體距離卻幾近挽手。

不曉得幹比古此時，是否暗自詛咒受女生歡迎的男生都該死。

但無論幹比古怎麼想，達也應該都不會在意。

「我剛才忘記問一件事。」

正確來說，是在意竊聽器所以刻意沒問。但即使不是幹比古，應該也難以從達也現在的語氣聽出這種危險的內幕。

「什麼事？」

「妖魔、惡靈或寄生物這種傢伙，是頻繁出現的東西嗎？」

幹比古沒在飲食，卻差點嗆到。達也的語氣像是隨口提及，幹比古也是以隨便的心態聆聽，但這個問題非常深入。

「……不，並非經常出現的東西。民俗故事形容妖魔鬼怪像是隨時都躲在某處做壞事，但大多是人類術士偽裝成魔物幹的好事。例如知名的大江山酒吞童子，真面目其實是來自西域的咒術師。這在我們之間已經成為定論。」

幹比古摸著下巴，擺出煞有其事的「沉思者」姿勢，但他應該不是刻意這麼做。

「術士遇見真正魔物的機率，我想想……在單一流派之中，大概十代有一代會遇見吧。而且幾乎都是發現偶然迷途闖進這個世界的個體。真正的魔物危害人類，必須由術士進行驅除的緊急事態，放眼世界也是百年難得發生一次的機率。在日本，最後一次除掉真正魔物的記錄，是九百年前安倍泰成收拾妖狐的事件。」

「不過，這次的吸血鬼事件，應該是這種『真正的魔物』幹的好事吧。」

「我認為是如此。」

「你覺得這是偶然嗎？」

「偶然的可能性並不是零，可是……」

幹比古的回應非常慎重。

「隨著歷史逐漸進入現代，發現魔物的案例確實有在減少。我不認為本次的事件，是毫無原因就發生。」

達也只輕聲說句「這樣啊」回應幹比古。

確認達也他們離開，改由花耶回到病房之後，雷歐像是用盡力氣般倒在床上。艾莉卡還在房內，但他已經逞強到極限了。

「……總之，我知道實際狀況，所以你沒必要再逞強吧？你很努力了。」

「……我就當作……妳是率直地……稱讚我吧……」

「我確實是率直地在稱讚你呀。」

雷歐痛苦地閉上雙眼，艾莉卡見狀露出溫柔笑容。

「那個，艾莉卡小姐……我弟弟真的不要緊嗎？」

不過，旁觀這段互動的花耶實在笑不出來。她這個親姊姊當然會如此擔心吧。但艾莉卡回應花耶的語氣真的很平淡。

「不要緊。我是請千葉家所知最好的名醫為他治療。姊姊不是魔法師或許難以理解，氣力耗盡之後的復原時間，一定比恢復體力的時間長。其他所需的治療全部進行過了，再來只有時間是特效藥。花費時間就一定能康復。」

說到「姊姊不是魔法師」的時候，花耶微微顫抖了一下。艾莉卡也察覺這一點，卻說不出安撫的話語。

「那麼，我去哥哥那裡一趟。有任何事情請不用客氣儘管說，無論是找護理師、哥哥的部下或是我都可以。」

艾莉卡形式上對花耶行禮致意，然後離開病房。

雷歐沒抱怨艾莉卡這樣的態度。

「大小姐，再稍微手下留情比較好吧？」

艾莉卡一進入竊聽雷歐病房對話的這個房間，稻垣就向她這麼說。雖然沒提到要對什麼事情手下留情，但艾莉卡聽得懂這種含糊的說法，並且哼笑回應這番話。

「我並不想要求她喜歡魔法師。畢竟無論是親子或兄弟姊妹，會怕就是會怕。既然這樣，我們這邊只要配合對方的認知就好。不提這個……你有聽到剛才的對話吧？」

最後一句話是對壽和說的。

整個身體靠在椅背，雙手放在頭後支撐自己頭部的艾莉卡長兄，用粗魯的動作從頭部扯下耳機後起身。

「那番話相當耐人尋味。假設吉田家的二少爺推理正確，艾莉卡，妳要怎麼做？」

「在這種狀況，有沒有猜對都沒差吧？」

艾莉卡一副「講這什麼無聊話」的樣子，以輕蔑眼神俯視依然坐在椅子上的壽和。

「即使只是暫時，那個傢伙也曾經進入千葉家，是我們家的門徒。而且是我直接傳授招式給他，所以他也可以說是我的第一個徒弟。徒弟被打倒，我當然不能坐視吧？」

「這理由毫無女性魅力。」

「不需要有。即使沒這種東西，也足以構成我修理對方的理由。我不曉得那個吸血鬼是男是女，不過是對方主動挑釁，我這邊只需要接受挑戰。」

連哥哥壽和也不曉得這是她的真心話，還是遮羞的說詞。

唯一確實明白的，就是艾莉卡這次完全是認真的。

◇　◇　◇

達也等人正在探視雷歐的時候，莉娜造訪馬克西米利安研發中心的東京分公司。這裡是她的鄰居米卡艾拉·弘格——本鄉未亞任職的地方，也是本次逃兵追緝部隊的祕密據點之一。

魔法科高中的學生前來參觀CAD製造公司，即使沒有魔法大學學生那麼稀鬆平常，也不是什麼稀奇的事。莉娜以大使館準備的介紹信與第一高中制服的信用通過櫃檯審核，換上窄裙套裝的打扮，在一間會議室和她昨晚千鈞一髮之際拯救的STARDUST隊員會面。

「少校，感謝您昨晚在危急時刻相助。」

「放輕鬆吧。」

莉娜以手勢指示向她敬禮的兩名女性坐下，自己也坐在沙發上。「紅髮」的她閉著眼睛嘆出好長一口氣之後，睜開「金色」的雙眼。

她的顏色與長相，和安潔莉娜・庫都・希爾茲判若兩人。

不過，STARDUST的兩人臉上沒有驚訝表情。這名容貌冷漠的金眼少女，正是她們的安吉・希利鄔斯少校。

「妳們昨晚的傷勢如何？」

「已接受維修，不會影響任務進行。」

獵人把自己當成道具的發言，使得莉娜……更正，安吉・希利鄔斯蹙眉，但現在的她擺出這種表情也只會增加冰冷印象，看起來不像是感到不悅。

「這樣啊。那麼麻煩報告。」

「是，長官。」

莉娜也覺得自己講得太精簡不構成詢問，但對方似乎聽得懂。

「捕捉到第二魔星行蹤的我們，依照事前取得的資料使用演算干擾器，但演算干擾器對第二魔星無效。」

「演算干擾器的運作遭受妨礙？」

「不，演算干擾器正常運作。依照第二魔星本人的說法，他已經無須使用ＣＡＤ。」

「無須使用ＣＡＤ……意思是沙立文中士接受了超能力改造？」

「是的。」

獵人以清晰的聲音同意莉娜的質疑。

「實際上，第二魔星沒使用CAD，只施展了軌道曲折術式。」

「也就是沒使用其他魔法？」

「是的。」

「此外，第二魔星的身體能力，勝於接受強化的我們。」

逃兵的身體能力提升，這是新的情報。莉娜稍作思索，以謹慎確認的語氣詢問兩人。

「沙立文中士的想子波特性沒變吧？」

「至少我們可以識別。」

「我追蹤沙立文中士時接觸過疑似是他同伴的對象。有觀測到對方的想子波特性嗎？」

「……很抱歉。我們只能辨識少校與第二魔星的想子波。」

「這樣啊……」

莉娜再度閉上眼睛，沉思了片刻。

「……看來至今的資料無法依賴。今後查緝脫逃者的時候只限於追蹤，避免直接出手。由我直接應付。」

「是，長官。」

兩名STARDUST起身敬禮，莉娜回禮之後離開會議室。

希兒薇雅在馬克西米利安研發中心東京分公司的走廊等待莉娜。

「總隊長，請往這裡。」

紅髮金眼的莉娜點頭回應這番話，然後跟在希兒薇雅身後前進。她被帶到的地方，是工作人員的女更衣室。

「少校，請進。已經確認裡面沒有任何人。」

希兒薇雅開鎖入內，接著莉娜迅速地環視周圍並溜進更衣室。內側響起上鎖聲之後，莉娜鬆了口氣。

她頭髮與眼睛的顏色改變了。

紅髮變成金髮、金色眼睛變成晴空的藍色。

「這樣果然比較輕鬆。比起維持『扮裝行列』，隱藏行使魔法的痕跡更麻煩。」

「少校，時間不多，請在工作人員沒來時儘早換裝。」

莉娜有點鬆懈過度，希兒薇雅立刻出言抱怨。

莉娜縮起脖子，一邊脫衣服一邊對希兒薇雅說話。

「搜索班也無法識別白蒙面人的想子波。」

「這樣啊……逃兵取得的能力，似乎有明顯的個體差異。」

希兒薇雅的聲音中並沒有驚訝之意，大概是早已預料到莉娜會說這番話。但她的肩膀洋溢失望的氣息。

「話說回來，他們為什麼要襲擊日本人？」

脫到剩下內衣的莉娜，拿起第一高中的制服並詢問希兒薇雅。

「『為什麼』是指？」

希兒薇雅聽不懂這個問題的意思，疑惑地回問。

「他們正遭受追緝，原本應該會想盡量隱藏自己的下落才對。」

「噢，原來如此。」

莉娜說到這裡，希兒薇雅也明白她抱持何種疑問了。對方為何冒著被抓的風險也要襲擊日本人，這就是莉娜想問的問題。

「我不曉得。只是……」

「只是什麼？」

莉娜將褲襪換成內搭褲，在扣上連身裙釦子時催促她說下去。

「只是，我覺得和他們獲得的特異能力有關。」

「特異能力……不傷人就能奪走血液的吸血鬼能力？」

莉娜穿上內襯罩衣與制服外衣，一邊綁頭髮一邊附和。

「但是還不曉得是否可以將他們稱為吸血鬼……莉娜，妳在做什麼？」

移開目光整理思緒的希兒薇雅，將視線移回莉娜的時候——

金髮碧眼的美少女，正在鏡子前面以雙手捏起翩翩的罩衣衣襬搔首弄姿。

「呃，沒有啦，這是……」

莉娜立刻端正姿勢，紅著臉低下頭。希兒薇雅為長官這副模樣深深嘆了口氣。

拳與拳相互擊出。

身體眼花撩亂地移位，攻守眼花撩亂地互換。

達也正在和八雲進行每天早上慣例的對打。

並非單純的招式比拼。

不只是筆直攻擊，而是從上下左右襲擊的拳頭、手刀、掌打。避開攻擊，以毫釐之差架開試圖擒拿或扭折而纏過來的手。

達也與八雲。如今兩者旗鼓相當。

兩人同時伸出右手。

彼此的突擊錯身而過，兩人相互背對。

達也改以重心腳移動，從原地踏出一步。

預料會打過來的迴旋肘擊，並未襲擊而來。

達也轉過身去。

八雲也和達也一樣拉開距離。

和自己預測相同的攻擊、採取相同的迴避行動，導致間距拉開到沒必要的程度——但是雙方絕對無暇苦笑。

達也朝八雲踏步。

體術平分秋色。

體力是達也占優勢。

比心機則是依然遠遠不如師父。

既然這樣，唯有持續進攻到令八雲無暇耍心機，才是達也的勝利方式。間距大到無謂的現狀，原本是達也必須避免的不利態勢。達也踏入攻擊間距，正要出拳的瞬間，感覺到八雲的身形開始晃動了起來。

這是最近屢屢令他嘗盡苦頭的模式。達也壓抑焦慮心情，發動分解情報體的對抗魔法。

八雲的身體晃動後消失。達也的術式解散使八雲的幻術失效。

達也五感全力運作，尋找八雲的實體。

右邊？還是左邊？

即使是八雲，也應該沒有餘力繞到身後才是。

達也的判斷正確。

達也的推測錯誤。
八雲位於正面。
位於達也鎖定位置的三十公分後方。
決策所需的時間是一剎那。
達也打出暫時停頓的拳。
維持這樣的間距打不中，但八雲也處於出招動作。在這樣的狀況之下，達也判斷可以促成兩敗俱傷的結果。
然而，八雲的身體沒跟上他自己的拳頭。
達也被殘留身形的假動作引誘，身體被八雲摔到半空中。

「哎呀～我剛才緊張死了。」
將達也摔到地上之後繼續固定關節的八雲，總算鬆開了手，如此說道。這句話似乎不全然是在隱瞞自己的真正想法。
單手被架住而無法好好做出護身倒法的達也，好不容易藉由中和慣性而避免骨折，卻無法完全卸下衝擊力道，非得反覆咳嗽好幾次才能恢復正常呼吸。
「……師父，剛才那是？」

達也好不容易起身詢問。八雲單手揉著太陽穴回應——大概是在假裝擦冷汗。

「唉，沒想到『纏衣蜃景』會被破解。」

八雲動作詼諧，驚訝的心情卻是真的。殘留身形的那個假動作不是刻意，而是情急之下施展出來的。八雲沒想到前一招會被破解。

「那一招叫『纏衣蜃景』啊……師父，那不是一如往常的幻術吧？」

「你果然知道了嗎？」

八雲無可奈何般嘆息，卻藏不住愉快揚起的嘴角——他應該不打算隱藏吧。

「你光是觀看就能解讀術式的特異能力是對方的一大威脅。但並非無法反向利用。」

「剛才的幻術就是這樣？」

「纏衣這種術式，原本是用來欺瞞世外之物的目光。至於箇中機制……這樣好了，你就自己想想看吧。你應該能立刻理解才對。」

達也沒要求八雲別賣關子。要求說明術式真相是違反禮儀的行為，這個心態當然是他沒追問的原因之一，但更重要的是八雲這番話隱含某些令達也在意的線索。

「師父。」

「嗯？怎麼啦，瞧你表情這麼正經……不對，你的表情總是這麼正經嘛。應該說瞧你語氣這麼恐怖。」

「表情總是這麼正經」很難確認是褒是貶。無法做出判斷的達也，在最後決定不予理會——不做反應。

總覺得八雲隱約露出不滿足的表情，所以達也這麼做應該是對的。何況他並沒有心情陪八雲開玩笑（？）。

「您剛才提到『世外之物的目光』……」

「啊，原來如此。」

詢問的話語沒必要說完。八雲間不容髮的回應，如同早已預料到達也的問題。

「我們要對付的不只是人類。對付世外之物並不稀奇。」

這個回應符合達也從對話脈絡的推測，卻也和既有知識不同。

「不過，我一個古式術士朋友說，遭遇真正魔物是極為罕見的狀況……」

達也並不是一定要相信哪一方，而是想得到一個自己能接受的答案。

「你所說的朋友，應該是吉田家的二兒子吧。總之，他說的也沒錯……但依照你的作風，你這次切入的角度太淺了。」

八雲說到這裡暫時停頓。被要求深入思索的達也依照吩咐，讓意識沉入思緒之海，沒多久就得到一個解答。

「幹比古說的沒錯，卻也不是完全正確。是這個意思吧？即使遭遇——也就是巧遇真正的妖魔鬼怪的機率極低，但如果不是巧遇，而是某人刻意使然，就絕對不是稀奇的事。您說的是這個意思嗎？」

「勉強及格。」

如字面所述，八雲的表情距離滿意還差得遠。

「唔……即使是達也這樣的聰明人，也難以迴避符號象徵與先入為主的陷阱啊。」

看來由於有所期待，評分也因此較為嚴苛。

不過，當面說「聰明人」這種字眼令人很難為情（不是害羞），達也希望八雲別這樣。

現在再怎麼樣也不是被稱讚的場面，達也卻相當從容。

不過，八雲下一段話將達也這份從容拋到九霄雲外。

「你自己應該也有和世外之物接觸過一兩次。你們現代魔法師稱為『SB魔法』的魔法，究竟是以什麼東西為媒介？」

達也口中發出「啊」的聲音。

「看來你明白了。現代魔法師所說的『Spiritual Being』，也就是所謂的精靈，同樣是一種貨真價實的『世外之物』。」

這確實是盲點。達也凝視著繼續說明的八雲。

「啊，是否具備知性或意識是其次。細菌沒有知性或意識，卻會入侵人體，影響身體機能危害健康；病毒甚至只具備不完整的增殖能力。即使如此，就算不符合學界嚴格的『生物』定義，它們依然是侵蝕人體的『生物』。這一點理當沒人有異議。」

「Spiritual Being——『精靈』只是從現象切離的孤立情報體，卻也無疑是『世外之物』。這就是您想表達的意思？」

「正確來說，或許應該形容為『非肉身生物之物』。何況誰確認過精靈沒有意識？」

達也回答這個問題需要一秒以上。

「……沒人確認過。但我知道有人持相反意見。」

而且，達也親眼在現場見證過這個朋友遙控精靈。精靈的動作看起來是自發處理接受到的指令，與其認為行動法則全部寫在魔法式，認定精靈本身具備意識還比較合理。

「師父，方便再請教一個問題嗎？」

「說說看。」

「依照現代魔法學，精靈是伴隨自然現象記述在情報體次元的情報體，是從實體游離誕生的孤立情報體。而且精靈紀錄著根源現象的情報，因此只要以魔法式定義方向性，就可以從該情報重現原本的現象。這個機制被解釋為精靈魔法。」

「我認為大致符合。能夠思索出這樣的理論，現代魔法算是更為高明。」

「那麼，寄生在人類幽體，使人類變質的寄生物，究竟是來自何處的情報體？」

達也聽過幹比古的敘述，認為寄生物可能是干涉人類構造情報的情報體。八雲以細菌或病毒為例，也像是在證實這一點。

「parasite……這是英式表現吧。很遺憾，我也不曉得它們是來自何處的情報體。不過既然能干涉人類精神，我覺得應該是來自精神現象。」

「來自精神的情報生命體嗎……」

「我認為包括人型妖魔或動物型妖怪，或許也都是妖靈之類的情報生命體將世間生物變質而成。而且，如同來自物理現象的精靈漂浮在和這個世界相對的投影世界，來自精神現象的妖靈或許也來自和精神世界相對的剪影世界。遭遇案例很少的原因並非它們不存在，而是我們觀察精神的方法還不齊全。聚集在倫敦的傢伙八成會視為異端思想，但這是我毫無虛假的論點。」

了不起。古式魔法大師的稱號並非浪得虛名。

達也「久違地」如此心想。

◇　◇　◇

兩天後，雷歐依然躺在病床上。既然是普通人會昏迷不醒的嚴重症狀，當然不可能三、四天就出院。要是已經出院，反而會令人擔心他在逞強，或是醫院放棄治療。

至少達也這麼認為。

不過，當然也有人不這麼認為。

「雷歐同學不要緊嗎……」

美月就是不這麼認為的典型範例。

「不要緊吧。畢竟除了挫傷之外，沒有明顯的外傷。不是說他沒骨折或傷到內臟嗎？妳該不會懷疑艾莉卡說謊吧？」

順帶一提，達也懷疑目前不在場的艾莉卡說謊。

「不是那樣，可是……」

總之，以美月的個性，即使內心怎麼想，也不會說朋友是個騙子吧。即使當事人不在場，不對，一定是因為當事人不在場，她反倒更避諱說壞話。

此外，艾莉卡現在之所以不在這裡（也就是即將上課的教室），不是因為住在醫院照顧雷歐，純粹只是還沒來學校。

昨天她是在即將遲到時趕到。

今天大概也一樣。

「這麼說來，幹比古今早也還沒來。」

達也並非基於什麼想法這麼說。只是在思索艾莉卡為何還沒來的時候，注意到幹比古同樣也還沒到校。

不過，他短短的這句話，似乎令美月的表情瞬間僵硬了一下。

達也將差點放鬆到會心一笑的臉頰繃緊，猶豫於該說些什麼，或者是乾脆什麼都別說。他確定沒發生任何讓美月擔心的事，卻無法判斷是否該告知。

「早安～」

「早安，達也，柴田同學……」

達也還在舉棋不定時，幹比古掛著疲憊表情、艾莉卡身披倦怠氣息進入教室。

兩人一就座，畫面就顯示開始上課的訊息。

這天午休，達也等人的行動和往常稍微不同。艾莉卡沒去餐廳，趴在自己桌上。豎耳聽得到些許熟睡的呼吸聲。

大概是因為使用終端機的課程無法打瞌睡，但她看起來很睏。

幹比古說自己「頭痛欲裂」，於是吃完午飯就前往保健室。看來他想睡的時候不會意識恍惚，而是會頭痛。

幹比古應該只是疲勞，所以交由美月陪同照顧。

至於達也則是……

「雫，抱歉忽然找妳。」

『嗯，怎麼了？』

「那個，達也同學說，有些事情一定要問雫。」

他拜託穗香打電話給雫。

「抱歉這麼晚找妳。我原本想寄電子郵件，但是沒當面講應該會不得要領。」

現在的通訊系統，即使是在小型的行動情報終端裝置上頭，也可以顯示清晰影像，比起直接見面毫不遜色。達也使用同步通話功能，透過自己的行動終端裝置畫面重逢的雫，明明相隔不到一個月，卻比印象中成熟一些。

『不要緊，現在才八點。』

畫面中的少女微微瞇細了眼睛一笑。表情一如往常地難以辨識，但眾人看得出來這是很開心的笑容。

穗香與深雪各自以不太高興的表情看著畫面。

不過很遺憾，達也與雫將彼此顯示在主螢幕。將行動終端裝置的小螢幕分割得更小的副螢幕不同於主螢幕，難以看出細部表情變化。

『所以是什麼事？』

「噢，我聽穗香說吸血鬼似乎也在妳那邊鬧事。若妳知道詳情，希望可以告訴我。」

雫在畫面裡歪過腦袋。

「……雫？」

『……啊，是那件事。那麼，日本真的出現吸血鬼了？』

「日本真的出現？」

『美國這邊目前只當成都市傳說。至少媒體還沒報導。』

即使和傳說或虛構故事裡登場的類型不同，可說是吸血鬼或吸精鬼的個體確實存在。

既然實際存在的東西成為傳聞，肯定發生了某些事件。換句話說，ＵＳＮＡ依然管制媒體報導。或許這個事件的內幕比預料的深入許多。

「只是傳聞也無妨，我想盡量知道詳情。」

『發生了什麼事？』

雫在畫面裡探出上半身。

少女隻身待在異鄉，是否該告知朋友成為受害者的事實？達也有所迷惘。

「雷歐遭到疑似吸血鬼的對象傷害。」

但他立刻判斷應該告知。

不過，達也自己也無法說明為何會這麼做。

這是出自直覺的判斷。

或許是基於某種預感。

「幸好生命沒有大礙。」

『怎麼會這樣……』

但達也還是不願徒增雫的不安，沒忘記補充這句話以免雫打擊過度，可惜效果不彰。

「不，真的不要緊，別露出這種表情。雷歐以自己的力量擊退了吸血鬼。只是當時因為對方的特異能力受創，正在醫院休養。」

達也的「安撫」絕對不算高明。若對方不夠堅強，提到住院只會更加煽動不安情緒。

『真的不要緊？太好了……』

幸好雫生性不會沉溺在悲觀思惟。她看到達也穩穩點頭回應，輕撫胸口鬆了口氣。這樣的溝通堪稱視訊電話才有的優點。

『這樣啊。所以達也同學想知道這邊發生了什麼事。』

雫不是以疑問句，而是以斷定句詢問。達也再度回以肯定之意。

「不過，並不是一定要知道真相。」

而且他不忘如此叮嚀。

「真的就妳打聽得到的範圍就好。」

『但你覺得美國這邊有線索。對吧？』

「該說線索嗎……老實說，我認為吸血鬼事件的元凶來自美國。」

倒抽一口氣的不只是雫。達也沒告訴穗香或深雪這個推理。

「所以我更希望妳避免輕舉妄動，務必別冒險行事。我並非一定需要妳那邊的情報。」

『……嗯，我不會勉強。所以別抱期待地等我的消息吧。』

「為求謹慎問一下，妳所說『別抱期待等候的消息』是情報方面吧？我可以相信妳不會輕舉妄動吧？」

『那當然。』

雫不是笨蛋，也不是不知恐懼為何物，但達也即使再度叮嚀，也莫名感到不安。

◇　◇　◇

就艾莉卡所知，在東京都連續造成命案的吸血鬼事件，有三方勢力採取組織性對應。

首先是以警視廳為主力的警察省廣域特搜小組（通稱「日本版ＦＢＩ」），以及同樣隸屬於警察省的公安參與的警方當局。

其二是由七草家號召、十文字家響應而組織的十師族搜查小組。他們接受內情（內閣府情報管理局）的後援，也和警方在某部分合作，是半官方的民間勢力。但在這種狀況，一反常態地是由「民間」較為強勢。

至於其三，則是得到古式魔法名門——吉田家協助，千葉家私下組織的報復部隊。也就是艾莉卡他們。

「果然還是找學長姊們協助比較好吧……？」

吉田家接受千葉家非官方的正式邀請之後，急遽派來提供協助的幹比古，提出從昨晚計算剛好是第十次的疑問。

詢問對象不用說，當然是他在這次任務的搭檔——艾莉卡。

「光是能使用包括街道監視器的防盜系統，我覺得就能大幅提升效率。」

「無關。將監視系統運用到極致的警方，也抓不到對方的狐狸尾巴。」

「即使依賴人力，我覺得有合作也比沒有好。」

「所以我不就像這樣請求協助嗎？」

「慢著，不要只有我們……」

艾莉卡加快腳步前進。幹比古放棄繼續忠告，小跑步追上艾莉卡，和她並肩行走。

「但我覺得光是漫無目的亂走也沒完沒了……」

這是自言自語，也是牢騷。音量不足以讓艾莉卡聽見，即使她聽見應該也會當成耳邊風。因為這正是幹比古和艾莉卡同行的理由。

吉田家是繼承神道系古式魔法的家系。雖然比不上陰陽道系的家系，在占術領域的造詣也相當深厚。各宗派在技術上的界線原本就不明顯，這是這個國家的傳統。宣稱是神道系卻以符咒為媒介，就看得出做法多麼隨便。

千葉家總帥（即是壽和與艾莉卡的父親）從壽和那裡得知科學辦案陷入瓶頸，決定利用古式魔法師擅長的技能，因此委託古式家系中交情最親密的吉田家當家協助。千葉家總帥是自認「去除魔法技能就只是庸俗之輩」的「神祕學白痴」，或許是認為「超自然必須以超自然對抗」。

所以和艾莉卡同行的幹比古，不是擔任引路人，而是「占路人」。

「Miki，走哪邊？」

艾莉卡在十字路口停下腳步，轉頭詢問。

真希望她問得勤快一點……幹比古暗自嘆氣，將手上約一公尺長，正確來說是三尺長的手杖插在人行道。順帶一提，關於「Miki」這個稱呼，在莉娜當成預設暱稱時，幹比古就已經放棄要求更正了。

杖身以毛筆寫上密密麻麻的文字，與其說是手杖，應該說只是一根筆直的細木棍。不過切面加工到幾乎是正圓形。幹比古按著杖頭使其直立，然後輕輕放開。

雖說是插著，但底下是柏油路面，普通木棍不可能插進去。即使如此，幹比古的手杖卻毫無支撐就立在路面。

幹比古後退三步轉過身去。他一轉身，手杖就失去無形的支撐而倒下，就這麼發出清脆聲音滾倒在路面。手杖指著十字路口的右方。

「這裡啊……」

艾莉卡朝手杖指引的方向走去。不只沒等待搭檔，甚至頭都不回。

幹比古露出苦笑，撿起手杖跟在艾莉卡身後。他在即將追上時不經意想到某些事，從內袋取出情報終端裝置。通訊功能設定為訊號模式，可以發送識別訊號，將所在位置傳送到登錄為群組的終端裝置。幹比古確認手機是這個模式之後收回懷裡。

幹比古臉上的苦笑消失。他有預感已方正接近目標。

他在距離艾莉卡一步的後方放慢速度，維持著相同距離再度取出終端裝置。

幹比古開啟收得到訊號的群組名單，從通訊錄加入一個新的通知對象，接著真的收起終端裝置，和艾莉卡並肩前進。

◇　◇　◇

附披風的長大衣、深戴的帽子。帽子下方是畫上黑色蝙蝠，遮住了整張臉的灰色面具。曾經身為STARS衛星級，得到「第二魔星」別名的查爾斯．沙立文，正使用全新獲得的所有身體能力拚命逃跑。

然而，他再怎麼絞盡力氣也逃不掉。追捕他的不是星塵（STARDUST）的獵人，是擁有夜空最閃亮的星星代號的劊子手。

追捕沙立文的是紅髮金眼的蒙面魔法師。變身為安吉・希利鄔斯的莉娜，好幾次沐浴在想子雜訊之中，每次都使得她的知覺捕捉不到沙立文。

『總隊長，下一個轉角往右。』

不過，偽裝成電視轉播車的移動基地，以想子雷達緊盯沙立文的去向。USNA在這方面的技術比日本先進。雷達具備識別想子波特性的功能，一旦鎖定對方的想子波形式，除非對方逃離雷達探測範圍，否則幾乎不可能逃脫。而且莉娜帶著掌心尺寸的小型雷達中繼天線，對方不可能逃離探測範圍。

「克蕾雅、瑞琪兒，繞到沙立文正前方。」

莉娜以通訊機呼叫。克蕾雅是獵人Q、瑞琪兒是獵人R的假名。是莉娜討厭稱呼代號，為了方便而取的名字，不是本名。題外話，「克蕾雅」的第一個字是「C」不是「Q」，但這始終是暫稱，所以莉娜自己也不視為問題。

二、三十公尺前方產生魔法戰鬥的氣息。兩人在牽制沙立文。這個距離對於莉娜來說已經進入攻擊間距，她完全捕捉到沙立文的位置了。

時間接近深夜，卻不是完全沒有他人的目光。不過在以機車速度展開追逐的時間點，這種事就不在顧慮範圍。莉娜無視於警方介入的可能性，抽出一把小刀——是匕首。

可能是莉娜奔跑速度過快，零星的行人沒注意到匕首。刀刃原本就經過塗黑消光處理，即使在白天也不顯眼。莉娜毫不隱藏動作，將匕首射向前方。

在路燈底下飛翔的匕首，如同帶領莉娜般轉彎。

這把匕首是武裝一體型ＣＡＤ。以投擲動作就能發動移動系魔法，以術士設定的路徑刺向目標。莉娜投擲的匕首在空中反覆改變軌道，襲擊沙立文的背部。

沙立文在刺中前一刻感應到刀刃射向自己。使用「吸血鬼」的身體能力也來不及閃躲。但如果是現在「取回超能力」的自己，還來得及使用擅長的物體軌道干涉。

沙立文如此判斷，將意識集中在匕首。正在戰鬥的獵人，朝他轉過來的背部突擊。沙立文暗自心想這是自相殘殺。現在從正前方射來的小刀「理應」會偏移軌道，命中後方的獵人。

沙立文發出沒有聲音的哀號。

他的軌道曲折術式，絲毫無法干涉莉娜的移動術式。

事象干涉力的層級相差過大。

沙立文察覺自己的能力不管用而連忙高舉右手。莉娜的匕首深深插入他的手臂。

沙立文身體僵硬。

獵人R的戰鬥刀插進他的背部。
如果是普通人，這應該是致命傷。
但沙立文側揮手臂，將握著刀的R打飛。
此時蒙面魔法師現身。金色視線射穿沙立文從面具露出的雙眼。
莉娜停下腳步拔出手槍。
忽然間，一道電擊從路樹後方射向莉娜。
這是Q、R與莉娜都沒察覺的完美偷襲。
然而，電擊只發出亮光，沒打中莉娜的身體就消失。
莉娜反射性地展開的領域干涉，使吸血鬼的魔法失效。
這段時間，莉娜依然穩穩握著槍。
槍口筆直瞄準沙立文的心臟。

莉娜扣下扳機。

強化「情報」的子彈無視於所有防禦，破壞了沙立文的心臟。

莉娜沒有沉浸於戰果的餘韻，再度起跑。

她的目光固定在剛才釋放電擊，如今逐漸遠離的吸血鬼背影。

◇ ◇ ◇

艾莉卡與幹比古後來又占卜兩次方向，行走了約十分鐘之後，隱約聽到兩個奔跑遠離的腳步聲。是橡膠鞋底摩擦地面的逃走聲與追趕聲。

恐怕是一名逃亡者與一名追緝者。

兩人轉頭相視。

緊接著毫無相互示意就同時奔跑。

艾莉卡感受到爭鬥氣息，幹比古感受到精靈的騷動。

兩人不同的感覺，得到相同的直覺。

——找到了。

艾莉卡微微領先，幹比古緊跟在後。

艾莉卡一邊跑，一邊從肩背的細長盒子，取出一把沒收在刀鞘的刀。這把刀沒有刀刃，相對的，術式刻印刻滿整個刀身，是五十里家精心製作的武裝演算裝置。大蛇丸在市區過於顯眼，

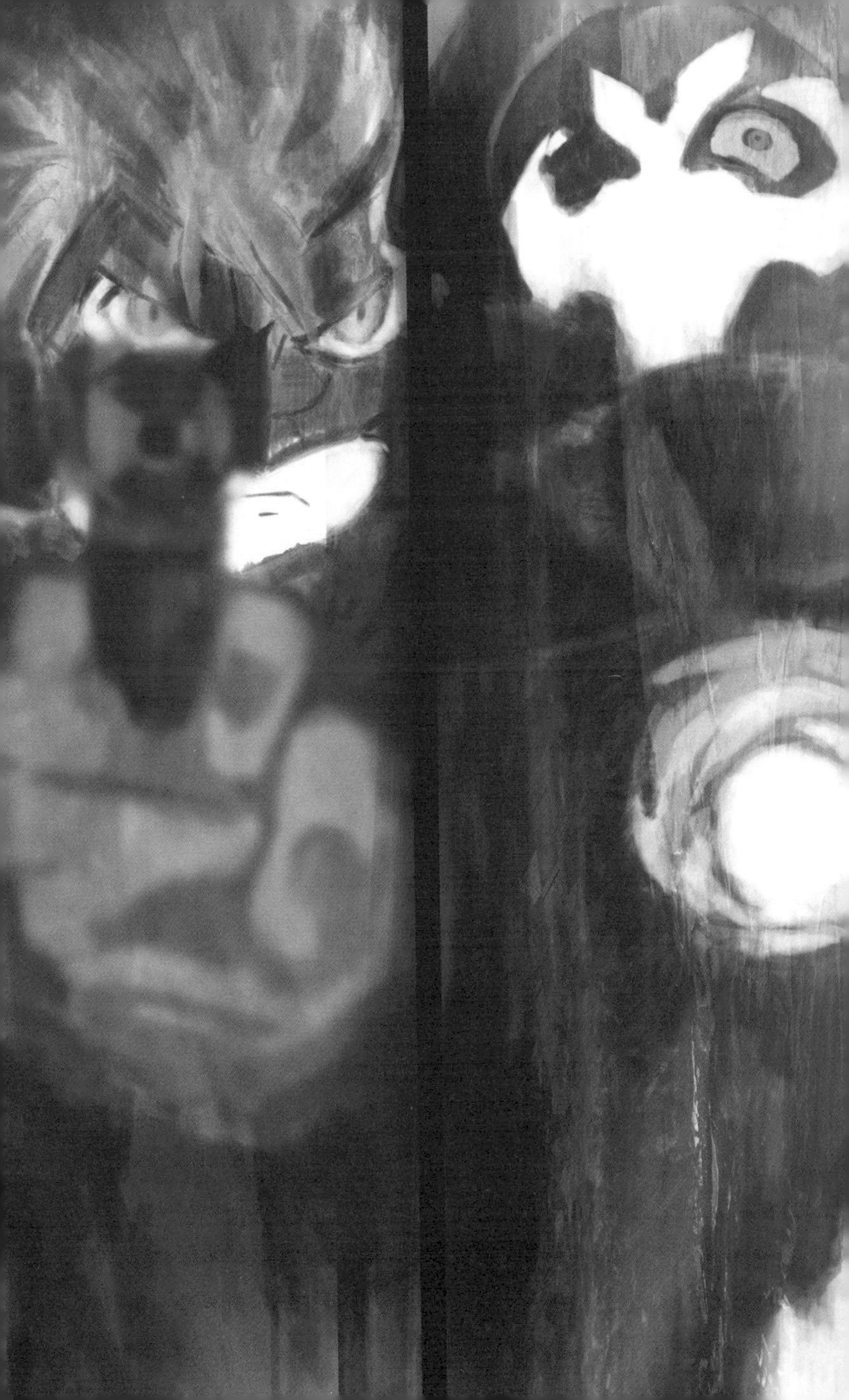

五十里啟將這個送給艾莉卡代用。即使比不上大蛇丸，也具備輔助慣性控制術式的功能。

另一方面，幹比古右手握在距離手杖頂端兩個拳頭寬的位置，左手往斜下方一揮，從袖口甩出類似扇子的物體抓住。

類似鐵扇的這個物品，是以扇型骨架串起細長的薄片金屬短籤，每片短籤都是刻上咒語與咒陣的單張符咒。和短籤一體成形的金屬骨架，是術士傳導想子的軌道。從扇柄延伸的線路，連結到藏在袖子裡的想子訊號振盪元件。

這也是一種ＣＡＤ。為了讓ＣＡＤ重現古式魔法裡符咒加詠唱的兩階段發動程序，幹比古以達也的建議為基礎構思，請吉田家熟識技師製作這種新型的古式魔法術式輔助工具。

兩人完成應戰準備，追蹤腳步聲。傳入耳中的節奏偶爾會大幅紊亂，大概是在追捕與逃走的過程中不時停下腳步交戰所導致。

即使不是如此，艾莉卡他們的腳程也比較快。兩人穿過中型大樓鱗次櫛比的後巷，終於在防災用（正確來說是災害發生時減少損害用）的小公園，捕捉到目標對象的身影。

兩個人影交錯。一邊以連帽大衣隱藏長相與體型，另一邊以覆蓋眼睛周圍的面具遮臉。

兩邊看起來都是女性。

「Miki負責大衣人。我去壓制面具人！」

對照雷歐的證詞，可疑的是連帽大衣人。然而在這種深夜戴面具遮臉的人不可能不可疑。最重要的是對方女性手上所持的大型戰鬥刀，以及她揮動這把刀的身手。艾莉卡光從遠處看見就大幅激發戒心。

艾莉卡沒使用自我加速，只使用提升刀身強度的刻印魔法砍向蒙面女。除了被喻為高手的少數人，她的刀招即使沒以魔法加速，也很難只以身體原有的能力閃躲。

女性的刀法一流，卻不足以喻為高手。因此即使能接下艾莉卡這一刀，也不可能閃避——只要她是普通人。

閃光迸射。

艾莉卡的刀揮空，目標移動到三公尺遠。

這道閃光不是物理光輝，是伴隨魔法發動的想子光輝。艾莉卡感應到這一點，所以並未驚訝於自己的揮砍落空。

要驚訝的，是她施展魔法的速度。

艾莉卡有自信直到即將砍中時，都不會讓對方察覺她的攻擊。這不是她的自負。艾莉卡舉刀往下揮的這一剎那，對方完成了選擇魔法並且發動的整個程序。

蒙面魔法師移動到路燈下方。無法確定對方移動到光源正下方是意料之外的狀況，或是不在意自己被看見，而且這種事也無須確定。

某種事物深深刻在艾莉卡的眼底與意識。

不是女性那張以面具藏不住的美貌，也不是包覆在厚重衣物下依然看得見的勻稱胴體。

是女性從路燈燈光浮現的顏色。無法想像是人類的凶厄色彩。

濃到甚至會誤以為是黑色的深紅頭髮。

從面具底下露出，似乎會被吸入的金色雙眸。

「——接招！」

被灌輸到幾近是反射動作的劍術造詣，斬斷了這份吸引力。為自己注入幹勁的艾莉卡，就這麼注視著對方擴大視野範圍，將蒙面魔法師的全身納入眼簾。接著，艾莉卡將預備動作節省到極限，朝著女性疾馳。

艾莉卡不使用輔助動作的魔法。她直覺認為應付這個對手時，魔法輔助將造成反效果，動作反而會被看穿。

艾莉卡沒使用魔法，是以「魔法般」的身手與步法逼近女性。

面具後方透露出動搖的氣息。

艾莉卡不以為意地高舉刀。

蒙面魔法師釋放魔法光輝。不是自我加速，是自我移動的魔法。

艾莉卡沒有瞬間分析魔法式的能力。

相對的，艾莉卡具備千錘百鍊的劍士之眼。

不是從對方的預備動作，而是在對方開始動作的瞬間辨識移動方向，修正刀路。女性行動方向改為正下方。艾莉卡斜劈而下的刀，擦過她深紅的頭髮。

艾莉卡發動慣性控制術式，將刀身往回拉。

蒙面女維持蹲下的姿勢水平跳躍。

艾莉卡強行阻止自己為了追擊而踏出去的腳。

刀尖就指在她的眼前。

艾莉卡停下腳步時，蒙面女趁機從單腳跪地的姿勢起身。

深紅色的頭髮大幅搖曳。

艾莉卡沒有刀刃的刀，只以速度就砍斷對方的髮繩。

凌亂的頭髮長到及胸。捲髮隨風飄動，使得女性看起來更顯凶厄。

（如果黑皮膚，就真的是迦梨了……）（註：迦梨為印度神名，和捲髮的curly音近）

稍微分心思考這種事的艾莉卡，絲毫不敢大意地觀察對峙敵手的一舉一動。對方外型荒唐，實力卻無疑是一等一。即使只是隱約窺見，也可以斷言她的魔法技術是超一流水準。雖然到目前為止先發制人，但因為看不出底細，要是接下來陷入守勢，勝算將會低到絕望的地步。艾莉卡的勝負直覺如此告知。

錯失良機將會致命。

不過令艾莉卡慶幸的是，蒙面女懷抱焦躁情緒。即使像這樣和艾莉卡上演旗鼓相當的對決，她最終的目標意識依然落在身穿大衣的「吸血鬼」。

這名女性現在是單獨行動，艾莉卡則是和幹比古搭檔。

艾莉卡估算這部分有機可乘。

蒙面女與少女劍士互瞪。

艾莉卡後方迸出雷鳴。

金色的雙眸從艾莉卡身上移開。

艾莉卡瞬間向前砍。

後方傳來斬裂空氣的聲音。

幹比古很清楚艾莉卡的實力。他沒有劍術造詣，但是古式魔法和武術有著近乎切也切不斷的密切關係。

據說在千葉一門，艾莉卡的實力僅次於當家與兩個哥哥，這絕對不是什麼誇張的說法。如果純粹只看劍技，她或許已經超越父親，不下那位天才呼聲甚高的二哥。

這樣的艾莉卡施展的刀招，對方不是接住，而是躲開。光是如此，幹比古就知道和艾莉卡對峙的敵手是不容小覷的實力派。然而——

（這邊的對手同樣不好應付。）

他不可能前去助艾莉卡一臂之力。

對峙的敵手衣著正如雷歐所述。帽子、白面具以及長大衣。

對方手中現在沒握武器，或許是隱藏起來了。

雷歐身上除了挫傷沒有明顯的外傷。沒有燒燙傷也沒刀傷。換句話說，雷歐交戰的對手不會使用火焰、電流與利刃。這是幹比古的推測。

如果會使用武器，就是以鈍器攻擊；如果沒使用武器，就是以拳腳攻擊。

至少到目前為止，對方的攻擊手段正如事前的預測。

若要說唯一的失算，在於這個敵人擁有超乎常人的速度與力量。

女吸血鬼（幹比古為求方便，以這種方式認知對手）的拳頭朝向幹比古。包覆雙手的厚手套不會造成外傷，相對的，造成的打擊應該會滲透到內臟。

幹比古以手指按住預先打開的鐵扇（型ＣＡＤ）其中一根扇骨。

（『綿帽子』。）

在心中無聲唸出的術式，以流經指尖的想子啟動、發動。

吸血鬼的剛拳貫風而來。隔著大衣也看得出來的細長手臂，隱藏著無法想像的威力。這一拳快到甚至要達到音速。

幹比古也歷經過艱苦的修行，具備遠高於常人的身體能力，但速度沒有快到能夠閃躲對方在攻擊間距之內打出的亞音速重拳。

——壓縮的風塊，比實際的打擊先襲擊幹比古。

——幹比古的身體，在風吹動之下輕盈飄動。

幹比古順著氣流躲開拳頭軌道，在氣流拉扯之下，接近到對方拳頭後方的手臂。若是現代魔法，就是重力阻斷、慣性中和與固定相對姿勢的複合魔法，古式魔法則是將這些事象變化整合為「乘風」的概念。

幹比古繞到對方側邊，在術式失效、身體踩穩的同時高舉右手的長棍，瞄準對方伸直右手的肘關節打下去。

以打碎關節的力道揮下的長棍，發出清脆聲音從中折斷。

感受到麻痺的手，半下意識地放開折斷的手杖。

（「防壁」？還是「衰弱化」？）

幹比古不顧一切往後跳，躲開對方橫砍的手刀，從暗袋抽出飛刀。又細又小，刀柄聊勝於無的這把投擲用飛刀，射向對方掃過眼前的手臂。

然而刀尖只刺破大衣，沒繼續深入就被彈開。

（是「防壁」嗎！）

對方看起來沒配合幹比古這邊的投擲發動魔法。換句話說，對方身上隨時具備可以反彈物質的力場。幹比古分析，對方和細長手臂不搭的拳掌威力，肯定也是這種防壁的效果。

（既然這樣……）

幹比古以手指打開暫時闔上的鐵扇第一片扇骨。

配置在最容易使用的位置，使用頻率最高的符咒。

至少就幹比古所知，不可能有魔法技術能構築出同時防阻質量與能量的護壁。雖然對方展開多重護壁的可能性也不是零，但值得一試。

（『雷童子』。）

雷童子——若要講得更通俗，就是「雷小孩」。這是在狹窄空間中重現小規模落雷的魔法。雖然是產生雷雲、模仿真正雷電的天候操作魔法「招雷」的劣化縮小版，但即使電流量較差，電壓也毫不遜色。

絕緣破壞的破裂聲轟然作響。設在空中的起點，朝著設定為另一個電極的吸血鬼頭頂放電。魔法在發動的時間點就註定命中。秒速二十萬公里的電擊襲向女吸血鬼頭部。

響起不太適合形容成裂帛的野獸般哀號，卻立刻變化成符合音質的咆哮。本應滲入目標對象體內而消失的閃光，轉移到女吸血鬼抱頭般放在頭頂的雙手。指尖的電子火花劈啪作響，蘊含的電流量超過幹比古創造的雷電。

（是釋放系魔法！）

從物體抽取電子的術式，是現代魔法四大系統八大種類之中，釋放系魔法的基本技術。這種術式主要改寫的情報，是直接影響到電子分布的「現象」。因此一般來說，釋放系魔法可產生的電擊威力，勝於古式魔法的雷系術式。

幹比古撲到地面翻滾逃離，電光擦過他的身體而去。

相較於古式魔法的雷魔法，現代魔法的釋放系術式威力較強，但操作性較差。幹比古因而躲得過第一招。但是距離這麼近，這種正如字面所述電光石火的攻擊，幹比古自己也不認為能一直成功閃躲。

居然下意識認定對方只有一種攻擊手段，幹比古懊悔於自己心思不夠縝密，並且編組防禦術式。幹比古以魔法叫出不會產生絕緣破壞現象的濃密空氣層，打造為護壁。

但是對方已經在行使魔法。不曉得基於何種機制，對方沒使用啟動式就發動魔法，而且效果和剛才相比毫不遜色。

或許對方是真正的魔物。

來不及了——

幹比古下定不願下定的決心，卻沒有迎接不願迎接的未來。

——如同一陣風吹熄燭臺火焰。

——從旁邊射來的想子情報體，打消吸血鬼手中的電光。

艾莉卡揮下的刀刃，被蒙面女高舉的左手擋下。

隨著沉重聲音傳來的觸感，並不是打斷骨頭的手感，也不是劃開肌肉的手感。這一刀恐怕是被輕量合金與緩衝材質貼合的防具——護手擋下。

艾莉卡沒有砍殺對方的意志，卻也自認沒有手下留情。可惜這一刀依然無功而返。

不知何時，對方右手握著手槍。這個對手雖然臉上面具很荒唐，但她不只是高超的魔法師，也接受過戰鬥員的高度訓練——警訊貫穿艾莉卡的意識，命令身體擠出更進一步的力量。

以抵刀較勁的要領將陷入護手的刀——應該說將砍下去的刀抽回來。

在對方舉槍之前，更快繞到對方左側。

槍口指向艾莉卡的前一刻，艾莉卡的刀打向槍身。

響起以消音器抑制的模糊槍聲。

蒙面女左手伸向艾莉卡的臉。

拇指與中指結成圓圈。

小小的雷球在開啟的指尖舞動。

艾莉卡發動自我加速術式。

身體超越認知而行動。

後退躲開雷球的艾莉卡，在蒙面魔法師還沒完全舉起槍口前衝過去。

贏了——艾莉卡如此心想。

她是在踏入間距，揮下刀的時候如此心想。

如此心想的下一剎那，從腳底噴發向上的衝擊波，將她震到空中。

這股衝擊讓艾莉卡的意識瞬間差點遠離。

她立刻起身。

對方沒有追擊。

蒙面魔法師以左手按著右肩。對方不曉得是以加速魔法還是移動魔法震飛艾莉卡的前一刻，艾莉卡以不帶刀刃的刀重擊了敵方右肩。蒙面魔法師就這麼按著肩膀，看向幹比古和吸血鬼交戰的方向。

正確來說是看向更遠處，就這麼跨坐在機車上，以銀色ＣＡＤ瞄準吸血鬼的少年。

少年戴著安全帽，因此看不見他的臉。

（達也同學……？）

即使如此，以模糊意識維持戰鬥姿勢的艾莉卡，依然看出了這名少年是達也。

艾莉卡、幹比古、吸血鬼。

即使夾在中間的敵方與己方位於視野範圍，達也的目光依然像是被金色雙眸吸引般，看向蒙面魔法師。

蒙面魔法師將左手朝向達也。她的手指彷彿就像是結印般動作，不到一瞬間就出現了魔法發動的徵兆。

但是，這個徵兆在改寫世界前消散。

金色的雙眸產生動搖。

不同的魔法式形成三次、消散三次。

傳來一聲驚呼。發出聲音的是幹比古。無須詢問理由。

吸血鬼逃走了。

達也以護目鏡遮擋的視線，從蒙面魔法師身上移開。

這是短短一瞬間的事。

蒙面魔法師沒放過這一瞬間。

她的這一招並非魔法。

只要是魔法，達也即使移開目光，他的「視力」就不會放過。

或許蒙面魔法師察覺到這件事了。

放鬆下垂的右手所握的手槍，槍口就這麼向下，擊出子彈。

槍手本人腳邊火花四散，並且轉眼間化為閃光。

模糊的槍聲連響五次，閃光完全覆蓋蒙面魔法師的身影。

達也的魔法準心朝向蒙面魔法師本人。

瞄準對方腿部，發動局部分解的魔法——試圖發動。

但是，收不到對方身體情報的反應。

本應反映實體的情報體只有外表，沒有內在。

只紀錄色彩與輪廓，缺乏關於材質、質量或構造的情報。

達也中止魔法，放下手。

閃光消失後的公園，沒有蒙面魔法師與吸血鬼的身影。

「兩位，你們沒事嗎？」

達也放棄追蹤，脫下安全帽離開機車，確定兩人的狀況。

幹比古看起來沒有明顯受傷。

艾莉卡則是……

「……你這樣盯著瞧，我會不好意思。」

「啊，抱歉。」

幹比古紅著臉面向其他方向，達也亦跟著別過臉。

並不是看見肌膚。保護皮膚的襯衣沒有破損。但是外衣各處從底部裂開到胸口下方，使得身體曲線若隱若現。如同偏激的搖滾風格打扮。

從這種角度來看絕對稱不上暴露，不過即使同樣是穿泳裝，在大海或泳池不會害羞，穿著上街就會害羞。或許是相同的道理吧。

「……那個，可以借我衣服披一下嗎？」

像是責備男生們不貼心的語氣，使得幹比古連忙脫下短大衣扔給艾莉卡（達也外套底下藏著肩掛式槍套，所以不能脫）。

「謝謝，可以了。」

畢竟並不是裸體，甚至不算半裸。達也內心的真實感想是「小題大作」，但這或許也是一種藝術形式的美。何況這樣確實比缺乏羞恥心好多了。

「艾莉卡，妳有沒有受傷？」

達也以外表能見範圍確認過，但姑且詢問當事人。

「幸好穿著襯鎧以防萬一，否則就慘了。」

形容成「襯鎧」頗為過時，該說幸運還是偶然，達也知道「襯鎧」原本是怎樣的東西。艾莉卡說的「襯鎧」不是穿在鎧甲底下緩衝並保護皮膚的厚實衣物，是具備防彈、防刃效果的多功能合成橡膠襯衣。和厚重的甲冑不同，不會妨礙到動作，又能穿在衣服底下，具備不會過度引人提防的優點。相對的，基於材質特性會成為緊貼身體的設計，所以想隱藏體型的人不愛穿。反正肯定會多穿一件外衣，一般來說在意這種事沒意義，但看來這次不是影響到本人，而是影響到同行者的眼睛。

「看來爆風裡混入了真空刃。」

「似乎是這樣……可惡的蒙面女，下次見到的話，我要她賠償衣服。」

「對方似乎也傷到了鎖骨啊。」

「這是兩回事。」

如達也所說，艾莉卡不是單方面中招，而有還以顏色。雖然砍得不深，但艾莉卡即將被衝擊波震飛時，揮刀命中蒙面魔法師的右肩。

達也沒目擊當時狀況，但是從蒙面魔法師的樣子以及艾莉卡衣服的損壞程度，正確推理出剛才發生了什麼事。

「話說達也同學，你為什麼在這裡？」

看艾莉卡的表情就知道，她不是忽然想到，而是從剛才就很想問這件事。關於如何回答，達也同樣思索了幾個方案，但最後決定老實回答——因為這樣似乎比較有趣。

「沒有為什麼，因為幹比古通知我。」

幹比古臉上出現動搖的神色，朝達也投以「你這個叛徒」的眼神。

「這樣啊～」

但艾莉卡發出非常不高興的聲音，使得幹比古生硬地將視線移向她。

「所以救兵才在千鈞一髮的時候趕上。Miki，真是漂亮的助攻。」

話語聽起來是稱讚，考量到實際的來龍去脈，這也是值得稱讚的判斷才對。

但是幹比古只能斷續回以「啊」或是「沒有啦」這樣的聲音。

傳入耳中的語氣，怎麼聽都不像是稱讚。

「話說回來，你幾時聯絡的？我不記得聽過這件事。」

「…………」

沒聽過也是當然，幹比古完全沒告知艾莉卡。傳送追蹤訊號給達也，完全是幹比古的獨斷獨行，而且也沒把其他情報告訴達也。即使重新自問，幹比古也無法回答自己為何這麼做。

艾莉卡投以冰冷的視線，幹比古太陽穴冒出冷汗。完全是「被蛇盯上的青蛙」狀態。看來幹比古難以自行脫困，達也心想差不多該出面打圓場了。

「兩位似乎在忙，但是不用先移動嗎？」

旁邊傳來的提醒，使得艾莉卡眨了兩次眼，取出好不容易完好如初的情報終端裝置。

「有人聚集過來了。」

幹比古聽到達也的指摘，也連忙取出自己的情報終端裝置。

艾莉卡確認時間。接觸吸血鬼與蒙面魔法師至今即將五分鐘，其他小組差不多該來了。

幹比古開啟追蹤器的螢幕。顯示為己方搜索隊的光點隨機轉彎接近過來，可以輕易推測是為了避免撞見其他的搜索小組。

「你們沒知會過師族會議吧？」

依照本次事件的會議結論，各家系不會因為沒加入七草家組織的搜索小組而受罰。

但他們無視於七草家與十文字家的搜索小組自行開戰，這是必須儘可能裝蒜的事實。尤其要是被前學生會長發現，似乎真的會在各方面演變成麻煩事。艾莉卡與幹比古也這麼認為。

兩人煩惱著各種事，旁邊的達也則是沒想太多就準備逃走。

「艾莉卡，要上來嗎？」

達也再度跨上機車如此詢問。

「嗯，麻煩了。」

艾莉卡以輕快的腳步跳上後座，摟住達也的腰。

「達也，我呢？」

「很抱歉，超載了。」

達也如此回答焦急的幹比古，按下引擎的發動按鈕。

「沒戴安全帽要罰錢啊！」

達也任憑後方傳來不甘心（或是不服輸）的叫喊，騎著機車離開（此外，二十一世紀末的現在，已經取消沒戴安全帽的違規罰款。相對的，要是同乘者因為發生車禍而傷亡，適用於危險駕駛致死傷罪）。

大衣被借走又被留在原地的幹比古，呆呆佇立了好一陣子。

◇◇◇

維持著安吉・希利鄔斯外型的莉娜，回到偽裝成電視轉播車的移動基地之後，還沒坐下就發布撤退命令。

沒有人開口反問。這個行動本身正如預定。移動基地在她坐在後方座位的同時，無聲無息地起步移動。只是車內充滿「很想問卻不敢問」的疑惑氣息。莉娜頭髮凌亂、長靴被閃光彈痕跡弄髒的樣子，看起來簡直就像是「逃回來」的。但「逃回來」是最不適合用在STARS總隊長「天狼星」身上的字眼。

「少校。」

車內的車頂很高，兩名隊員卻依然微微彎腰站在莉娜面前。

「非常抱歉。」

兩人是為了剛才追蹤時脫隊而道歉。莉娜之所以獨力和吸血鬼交戰，是因為同行隊員跟不上她的移動速度。

「無妨。雖說是出乎意料地有外人介入，我也放對方逃走了。」

「……謝謝少校。」

「何況已經處決沙立文中士，所以作戰未必算是失敗。回收中士的屍體了嗎？」

「已回收。」

「這樣啊。」

站在眼前的兩人身後傳來這聲回應，莉娜放心地點頭。

「請立刻安排解剖中士屍體。此外，查出我所追蹤的個體的真實身分了嗎？」

但莉娜立刻繃緊表情，詢問新的問題。

「很抱歉。本次成功採取到想子波形式，卻沒有資料符合。」

「不是逃兵嗎……不然就是想子波形式變質了。」

「推測恐怕是後者。」

「我明白了。請以採取到的想子波形式追蹤。」

「是，長官。」

莉娜聽到回應之後，指示眼前的兩人回座，接著整個身體躺在椅子上。

她左手按在右肩，自行使用治療魔法。多虧魔法「扮裝」，她得以在部下面前裝作若無其事，但她剛才在鎖骨裂開的狀態強行開槍，導致鎖骨現在完全折斷，肩膀痛得令她好想哭。

（我沒聽說艾莉卡那麼強啊！達也還用了莫名其妙的技術或魔法讓我的術式失效……日本的高中生是怎麼回事？）

莉娜不管自己的年齡與其相仿的事實，在心中發著牢騷。

◇　◇　◇

「啊？聯絡姨母大人？」

哥哥剛才從胸前口袋取出終端裝置一瞥就匆忙出門，如今一回來就提出這個要求，使得深雪不由得回問。

而且在回問之後，覺得自己舉止失禮而害羞。

但達也認為她回問是理所當然。即使不是如此，也不可能因為這樣而對妹妹不高興。

「我有事情想和姨母大人商量。所以能幫忙打電話嗎？」

達也再度拜託深雪。

服侍四葉家的人大多知道達也是真夜的外甥，同時也知道四葉家只不過將達也當成道具（但很少人知道達也是兵器）。因此即使達也打電話給真夜，也很可能在轉接途中被掛斷。

儘管如此，別說是達也，連深雪也不曉得直接聯絡真夜的電話號碼。知道隱情的人們異口同聲地表示四葉的資訊管理比官邸高明數段，這絕對不是高估。

「既然是哥哥的吩咐……方便等我一下嗎？」

「嗯……我也去換個衣服。」

即使有血緣關係，也沒辦法只穿便服打電話，更不可能關掉影像只以聲音通話。對兄妹倆來說，姨母（以及她的跟班）就是這樣的存在。

「抱歉這麼晚還打擾您。」

『沒關係。不提這個，深雪居然主動打電話來，真稀奇。』

真夜一如往常，在年齡不詳的美貌掛著看不出真意的笑容，出現在視訊電話的畫面上。在旁邊待命的是身穿筆挺三件式西裝的葉山。姨母和外甥講電話時居然有管家在場，達也覺得有點不合常理，但深雪身旁同樣站著換上暗色系西裝的達也，所以堪稱彼此彼此吧。

祥和裡暗藏緊張的整套例行問候結束之後，深雪以更加制式化的語氣（大概是因為她難以啟齒）說明達也有事想和真夜商量。

『達也找我？這就真的很稀奇了。』

真夜露出毫不隱瞞看好戲心態的笑容，准許達也發言。

「姨母大人，其實我想請教一件事，並且請您准許一件事。」

『無須客氣。』

真夜愉快地點頭回應。至少看起來如此。

「那我就恭敬不如從命了……姨母大人，我想向您請教的是九島家的魔法——『扮裝行列』的箇中玄機。」

達也旁邊的深雪露出驚訝的表情而語塞。

畫面另一頭的葉山，靈巧地只揚起一邊的眉角。

真夜像是忍不住般發出笑聲。

『哎呀……達也，「扮裝行列」是九島家的祕術。你覺得我知道這個祕密嗎？』

依然發出笑聲的真夜，以詢問的形式表達拒絕之意。

「姨母大人有段時間接受九島閣下的教誨。您即使不知道魔法式，也知道概要吧？」

達也明知這是「不能說」的意思，依然反向利用詢問的形式繼續追問。

「對抗魔法『扮裝行列』，是運用情報強化，將己身個別情報體關於外表的部分複製、加工為不同的外表，把這種可說是面具、扮裝的個別情報體當成魔法式，投射在自己身上藉此暫時更改外型，同時將他人魔法鎖定的目標掉包為扮裝的情報體，防止魔法對自己的真身產生作用。是這樣的術式吧？」

不只是繼續追問，還加上自己的推理。

『……「變身」是不可能實現的魔法。我想你應該很清楚這一點吧？』

真夜沒有直接回應達也的假設。光是這樣的回答，就足以證實自己的推理是否正確，但達也還不能滿足。

「如果只是改變外在形體，無須『變身』，使用光波干涉系魔法就做得到。問題在於光波干涉系魔法瞞不過我的『眼睛』。」

「哥哥，這……」

深雪顯露驚訝之情，回應達也這番話。

「難道說，有人能讓哥哥看不出真面目……」

「不只如此。雲消霧散也失準。」

深雪臉色蒼白，說不出話。

她受到的打擊似乎也傳到畫面另一邊，真夜的眉心瞬間出現皺紋。真夜雖然立刻恢復笑容，但剛才那種言不及義的氣息卻消失了。

『即使雲消霧散不管用，使用三尖戟就沒問題吧？』

「扮裝行列無法複數施展？」

真夜說出類似建議的回應，卻沒有回答進一步的問題。真夜回答的，是達也沒問出口的另外一個問題。

『記得我聽說過，比起宗師，宗師的弟弟更擅長使用扮裝行列。』

「感謝姨母大人。本次的事件我們實在應付不來，所以我想請求援軍。」

『這就是你要我准許的事情吧？』

姨母與外甥的視線隔著螢幕相對。

『……好吧。事態似乎演變到超乎預料的規模了。我准你和風間少校接觸。』

達也行禮致意，退後到畫面之外。

[7]

一如往常的早晨、一如往常的上學道路。達也和深雪兩個人走出車站和朋友們會合，一同前往學校。雖然過完年少了一人，上週又因故少了一人，但是除此之外，這是從春天持續至今，一如往常的上學光景。

不過，今天早上有個不同於往常的事件等待著達也。達也與深雪和朋友們會合前，有個學姊在剪票口前面叫住達也。兩人都在被叫住之前發現對方。

在這個時段使用這個車站的人，盡是第一高中的學生與相關人士。和以前大量輸送形態的電車不同，如今很少看見一次有大量乘客出站的擁擠光景。即使如此，兄妹倆還是走到真由美所站的牆邊，以免妨礙到配合上課時間陸續經過的學生們。

許多學生不時看向他們，看起來卻沒有特別在意。前學生會長與現任副會長站著交談沒什麼好奇怪，前學生會長欣賞現任副會長的哥哥（包含緋聞的意義在內）也是第一高中的學生之間的廣泛共識。

不過實際上，他們並沒有進行眾人期待的對話，也沒有直接一起上學，而是達也他們兩人先穿過剪票口了。真由美只說了這句話：「放學後來交叉陣地社的第二社辦。」

交叉陣地社（以魔法戰技進行求生遊戲的社團）是克人所屬的社團。該社團的第二社辦，是社團聯盟召開非正式會議時所使用的場地，這在第一高中是默認事項。而克人退出社團之後依然私下利用這個房間，也是知道的人就知道的公開祕密。正如預料，真由美與克人就在達也赴約的此處等待。

「你一個人？」

不只是如此詢問的克人，真由美也洋溢著意外的感覺。

「是的，因為只叫我來。」

老實說，深雪強硬地主張和達也一起來，但達也好不容易安撫她的心情了事——自掏腰包請她吃一次蛋糕吃到飽是小事一樁。

無論基於何種理由，達也如兩人所見是獨自前來。真由美確實只叫達也過來，但深雪沒來出乎她的預料。不過她沒浪費時間，早早進入正題。

「達也學弟，你昨晚有出門嗎？」

真由美這個問題，是達也所預測的數個問答的第一候選。

「有出門。」

他沒問真由美為何這麼問。

「騎車出門？」

「是的。」

一般人想騙對方的時候會變得多嘴多舌。現在的達也沒有多話的動機。

「……方便告訴我，你去了哪裡嗎？」

另一方面，真由美似乎煩惱於該如何提出話題。看來她的黑心程度與經驗，用在互探虛實還顯不足。至於在旁邊待命的克人，根本就不像是適合做這種事的人。

「正在和吸血鬼交戰的吉田找我過去，我在那裡和吸血鬼，以及應該是在追捕吸血鬼的神祕魔法師稍微過招了。」

達也覺得這樣下去會拖很久，決定自行推動話題。他以看不出情感的目光投向驚訝不已的真由美。即使是經驗更加豐富的大人，例如真由美的父親，應該也很難從他的視線看透內心。

不曉得他在想什麼。

這種想法煽動真由美的不安，撼動心理上的防禦。

「什麼時候開始的？」

不曉得是不是在協助真由美，但克人忽然插話提問。

「只是他昨晚叫我，我才趕過去。我沒有參與搜索吸血鬼。」

克人的詢問省略「誰」或「什麼事」等細節，達也回答時連他沒問的部分都補足。無論克人與真由美現在怎麼想，達也都不想在此時此地互探虛實。

「兩位都知道一年E班的西城遇襲了吧？」

他們兩人再怎麼樣都不可能不知道。這句話並不是質詢，而是確認。至於得到的，當然是肯定的回應。

「不只是我想知道究竟發生什麼事。只是找到凶手並且交出去結案，我實在沒辦法放心。凶手是單人還是多人，犯行是只限於當事人還是具備感染力，連這些問題都沒查明就讓事件落幕，應該是不被容許的狀況。」

對兩人說話的達也，於此時將視線投向真由美一人。

「學姊這邊掌握事態到何種程度？打算以何種方式了斷？要是不願意告訴我的話，我就無法提供協助。」

真由美嘆口氣收起假笑。看來達也先發制人反而讓她壯了膽。

「要是達也學弟允諾提供協助的話，我可以將我們掌握的情報告訴你。不過你應該知道，不可以洩漏。」

「我明白了。我就協助吧。」

達也間不容髮地同意了真由美的提議。這是真由美期望的回應，但她無法理解達也的真正用意，目光變得像是在觀察對方神色。

「……意思是你願意加入我們的搜索隊？」

「學姊可以這麼解釋。」

「為什麼忽然答應？你不可能沒看過師族會議的通告。」

這句話是克人說的。七草家與十文字家共同組織「獵殺吸血鬼」團隊時，師族會議通知十師族、師補十八家、百家各當家要求協助。原本除非是「含數家系」的直系，否則高中生不可能看得到這份文件，但克人卻說得像是達也理所當然以某種手段看過這份師族會議通告。

「原本我想說，我甚至不是百家的人，沒有資格參與。」

而達也同樣沒隱瞞自己看過通告。師族會議通告沒指定為機密文件，其實不難入手。

「但如果是直接委託就另當別論。」

彷彿睜眼說瞎話的回應，即使不是完美的表面話也無從挑剔，沒什麼可以指摘的明顯疑點。

因此真由美與克人無論內心怎麼想，表面上還是不得不同意。

用不著看經驗的多寡，光是天生個性的惡劣程度，達也就和真由美或克人不同。

「……不過，可以嗎？記得你剛才提到，我們得先公開情報，你才肯協助……」

「必須有一方讓步才談得下去吧？放心，要是我判斷受騙，只要翻臉不認帳就好。」

看起來老實過度，實際上似乎暗藏兩三層玄機的這番話，使得真由美發出了幾聲乾笑。這場，但她已經有種「想趕快結束」的想法。

「了解。那我說明現階段得知的所有事情。不過在這之前，方便我說一句話嗎？」

「什麼話？」

「達也學弟，你的個性太惡劣了。」

「……………」

真由美提供的情報之中，有三件事是達也首度得知。

第一是受害規模。這部分大幅超過達也的預測，卻感覺沒那麼重要。

第二是本次事件並不像是單人犯行。達也同樣推測有共犯，不過卻沒料到吸血鬼本身可能就不只一人。

第三則是有個第三勢力妨礙真由美他們查緝。達也聽到有勢力妨礙，率先想到的是艾莉卡他們，但聽過細節就知道是完全不同的勢力。

第二與第三個情報就連達也都想不通。那個蒙面魔法師恐怕屬於妨礙查緝的勢力，而且達也幾乎推測得出她的真面目。

不過，達也不曉得對方這麼做的動機。雖然達也強烈地認為，事情在明白動機之後就會簡單化，但這反而更令人著急。

「兩位抓到吸血鬼要怎麼處置？」

達也切換意識，以免愚蠢地陷入思緒瓶頸。即使是表面上允諾，但既然答應協助，就不能怠於確認最終目標。

「進行偵訊，查出真面目與目的。然後……」

「應該會處斬吧。」

克人補充了真由美支支吾吾的部分。也是啦……達也同樣不想聽女高中生隨口說出「處斬」這種字眼，所以不認為這種想法天真。

何況比起固執於人道主義，達也對這個決定更能共鳴。基於實際或感性層面都如此。

「──我明白了。所以我要怎麼做？」

「那麼，可以和我們同行嗎？可以的話從今晚──」

「不，司波獨自行動吧。麻煩掌握到情報就回報。」

真由美默默注視推翻她這項指示的克人。她的眼神沒有不悅，卻明顯浮現懷疑。

「我知道了。」

以達也的立場，老實說，照真由美的吩咐去做比較輕鬆。不過他也不打算認真遵守「協助」的約定，所以能毫不猶豫就點頭回應克人。

達也沒亮出自己的底牌，只問完想問的事情就向兩人告辭。

再也聽不見達也的腳步聲之後（這間社辦周圍暗藏防諜收音器），真由美開口了。

「十文字，為什麼要讓達也學弟分開行動？」

語氣不是在責備，口吻卻是無法釋懷。

「因為我覺得這樣比較有效率。」

克人回答的聲音，沒有欠缺自信的感覺。

「但如果維持現狀，他可能會和千葉家合作。」

艾莉卡他們以違反通知的形式分頭行動，真由美也掌握到這一點。十師族是領導者，卻不是統治者，所以無法輕易強迫他人服從，也無法懲處。不過在外國勢力隱約可見的現在，有人擅自行動將造成不便與困擾。即使千葉艾莉卡與吉田幹比古的搭檔只能放任不管，至少要將達也與深雪兩兄妹放在監視得到的地方。這是真由美的真心話。

「要是我們這邊沒說真話，就有可能變成那樣。」

但克人如同「無須擔心」般，搖頭回應真由美的顧慮。

「只要我們展現誠意，司波也不會背叛我們。那個傢伙就是這種人。」

「……徹底的互惠關係？這種信賴真難以言喻。」

「即使是武士的忠義，追根究柢也是君愛臣的『御恩』與臣敬君的『奉公』——也就是互惠關係。我認為這比盲目的服從更足以信任。」

「……畢竟絕對的忠誠心是以『依存』為根基。我們無法對達也學弟如此期待，更何況這樣不適合他吧。」

克人點頭之後，真由美也以認同的表情點頭回應。

◇◇◇

集結到的拼圖碎片，已經足以認知到還欠缺某個決定性的碎片。從現階段來看，這或許是應當滿意的成果。達也在腦中反覆思索至今取得的情報，快步前往深雪等待的學生會室。

天色還很亮。今天是週六，這是理所當然。雖然已經放學卻剛過中午。達也趕路不是因為耽誤了回家時間，而是耽誤了午餐時間。

深雪不可能不等待達也就自己用完餐。如果是勸說（命令？）她先用餐就另當別論，但達也認為今天不會耽誤太久，所以沒有特別指示。事實上深雪並沒有等太久，但達也想到妹妹在等就有些著急。

——或許該說他們很像吧。

達也發揮體力，三步併兩步地一鼓作氣衝上階梯，站在學生會室門前。學生會室的門隨即像映入眼簾的是金色光輝。

達也移動到門旁，以及莉娜躲到門後，幾乎是同時發生的事。這樣變得像是隔著門觀察對方的反應，達也自己也覺得這副模樣很滑稽，微微揚起嘴角進入無人擋路（？）的門口。

他刻意無視於女士優先的原則，但沒有無視於淑女本人。

「嗨，莉娜。今天好嗎？」

達也在兩人擦身而過時轉頭，以掌心輕拍少女右肩。

「嗨，達也。很好喔，謝謝。」

莉娜身體忽然被碰觸，卻沒說這是「性騷擾」。她眉頭皺也不皺地就甜笑回應，如同還手般輕拍達也肩膀兩下就離開。

深雪與穗香看到達也，開心地想要起身，達也以手勢阻止她們，坐在不曉得是不是開會用的桌子旁邊（的椅子）——這該不會是學生會幹部為了吃午餐、宵夜或喝茶而買來的吧？他不太願意這麼想。

沒看到梓與五十里。雖然他們在場也不會責備達也，但他們不在果然比較可以放輕鬆。不是因為學長姊在場會緊張，而是非得費心注意。尤其是梓，光是一點小事（達也本人認為是小事）

就會立刻露出害怕的表情。

真由美找達也過去，完全是預料之外的事，所以達也沒有特地準備便當。但如果這時候忽然有人說「我早就知道所以預先準備了」這種話，恐怖的感覺肯定會勝過佩服的心情。時間這麼晚了，預料得到餐廳很多餐點都張貼售完的告示，特地跑一趟也很麻煩，所以達也決定今天久違地利用學生會室的自動配膳機。

穗香操作調理面板，深雪準備飲料。達也的工作是坐在原位乖乖等待供餐……客觀來看，達也應該是個「令人羨慕的傢伙」，但達也在這種沒生產力的思緒浮現在意識之前就攔阻。

「這麼說來，莉娜過來有什麼事？」

取而代之出現在意識裡的思緒是這個。

「校方提議，讓莉娜在留學期間，擔任學生會的臨時幹部。」

深雪將咖啡杯放在達也面前，像要窺視般微彎身體回應達也。

筆直的黑髮如同瀑布，在達也眼前滑落。達也即使目光被她伸手梳理秀髮撥到身後的動作吸引，思緒依然在處理耳朵接收的情報。

「噢……這麼說來她提過，由於她還沒決定加入哪個社團，可能會引發一些麻煩。」

「嗯。社團搶人大戰似乎在檯面下如火如荼展開……這次聽說是服部總長的提議。」

如此回答的，是將冒著蒸氣的餐盤放在托盤端來的穗香。她放好托盤後直接折返，和繞過桌子的深雪各自端自己的托盤過來，午餐時間就此開始。

「莉娜只留學到這個學期結束，又沒辦法讓她參加比賽……」

「似乎是基於另一種非分之想喔。」

深雪露出有些壞心眼的笑容。

「好像還有一群人，笨到想製作莉娜的寫真集來賣。」

穗香板起臉，嘆了口氣。

「這個學校有攝影社？」

依照社團分類，即使有也不奇怪，但達也不記得學校有這個社團。

「是美術社的攝影組。他們好像要讓莉娜加入輕體操社再拍照。好笨的想法。」

「輕體操」是只有魔法師做得到，降低重力與慣性進行表演的體操競技。如果以地板運動來形容的話，就像是不使用彈簧墊表演彈簧墊項目。深雪與穗香參賽的幻境摘星，正是輕體操的衍生型之一。

「原來如此……確實會成為一幅美景吧。」

「哥哥？」

「但要拿來賣，我就不以為然了。」

「…………」

深雪投以質疑的目光，於是達也將視線移到另一側。

不過，他在這邊也遭遇相同的眼神。

「……慢著，剛才是我的說法錯誤。抱歉。」

達也再度將目光移回妹妹那邊，決定舉白旗投降。如果以火熱視線玩起「互瞪遊戲」，少女們先投降的可能性很高，但是將兩人的心意利用在這種無聊事上，應該是非常難看的舉動。

另一方面，深雪知道達也沒有這種下流心態，所以達也像這樣放低姿態，她就會禁不起尷尬情緒而低下頭。

「總……總之，各處都傳出類似的討論，不只是莉娜本人，和招生無關的社員似乎也快遭殃了，所以，那個……」

在某方面容易先入為主，但基本上個性細膩（也可以形容為膽小）的穗香，因為場中氣氛奇妙而有些慌張。

「所以才建議她擔任學生會幹部啊。」

達也立刻理解穗香的貼心而附和。

「是的。只要以學生會活動為理由婉拒，所有社團應該都會死心。」

深雪立刻搭腔。

洋溢在兄妹之間的微妙氣氛一掃而空，穗香見狀也鬆了口氣。「在兩人口角時趁虛而入」這種黑心想法，很遺憾地（？）和這個少女無緣。

「那麼，莉娜的意願如何？」

「興趣缺缺的樣子。」

「感覺她不喜歡放學後的時間被占用。大家那麼熱心邀請，她卻還沒決定參加哪個社團，我想也是這個原因。」

達也露出「應該吧」的表情，點頭回應深雪與穗香的回覆。

◇◇◇

週末用完晚餐後，達也坐在客廳沙發，注視牆面的大型螢幕。

深雪坐在他的身旁，像是依偎般緊貼。

螢幕分割成三個畫面。主畫面是對流層監視器拍攝的東京都心即時影像，以及在上面移動的三種光點。副畫面的上半部是對應主畫面的道路地圖，以及在地圖移動的光點；下半部以捲軸形式，每三十秒顯示新的文字資料。

能使用對流層平臺的監視器，是託真田的福。

能監視七草家、十文家聯盟的追蹤訊號，不是因為從真由美那裡打聽到認證碼，而是稀世駭客藤林響子的工作成果。

查出千葉家搜索隊訊號的人，同樣也是藤林。

推測是妨礙勢力的光點，是由對流層平臺搭載的側錄無線電捕捉電波，以獨立魔裝大隊的超級電腦分析結果再傳送過來。

魔法實驗部隊同時也是尖端科技實驗部隊的樣子。達也在至今的交流中隱約察覺這件事（不然就無法研發出可動裝甲），但他感覺這次重新體認到該部隊超脫規格的實力。

而且，說到技術……

「STARS偵測吸血鬼的技術似乎優於我們。」

達也認定妨礙勢力是STARS，一邊注視他們的動向，一邊感慨地低語。

雖然無法直接查明吸血鬼的行動，但只要分析三方勢力尋找吸血鬼時的移動路徑就能推測大概。而且從推定是STARS的光點動向來看，他們即使無法使用市區監視器附設的感應器，也無法使用對流層平臺的觀測機器，依然最快追查到吸血鬼動向。達也不曉得這是基於未知的術式還是先進的科技。而能夠追蹤的是否只有吸血鬼，抑或是也能識別其他的魔法訊號，這點達也同樣無從得知。但唯一確定的是ＵＳＮＡ在這方面領先日本。

達也從一開始就不認為日本的魔法技術處於世界最前端，也沒有自以為是地認定自己網羅所有技術。即使如此，他還是難以壓抑不甘心的心情以及求知的願望。

「不過，現在不是做這種事的時候。」

達也說出這句話斬斷無謂的想法，從椅背起身。

「哥哥，您要過去？」

坐在沙發的深雪，以哀戚眼神仰望起身的達也，開口詢問。

「妳是好孩子，所以乖乖在家裡等吧。」

達也的掌心撫摸深雪的臉頰。

深雪將自己的手放在達也手背，將哥哥的手掌用力地按在自己臉頰上。這個舉動，就如同在確認達也的體溫一樣。

「我今天會等您回來。」

「嗯。不久之後，肯定需要妳的力量。到時候——」

「好的。到時候要一起——哥哥，就這麼說定了。」

「……總之，我覺得不會和橫濱那時候一樣危險就是了。」

達也稍微詼諧地這麼說，於是深雪也露出笑容，放開了達也的手。

達也除了愛用的ＣＡＤ，也備好各種裝備上戰場。深雪在玄關目送。

深雪一直注視著關上的門，直到感受不到哥哥的氣息。

而且在哥哥的氣息遠離，以她的知覺捕捉不到明確座標之後，她以機敏的動作轉身。

深雪臉上毫無哀傷的渣滓。在緊繃的表情上，大眼睛釋放強烈的光芒。

深雪回到客廳，打開變暗的大型螢幕。即使不到機械白痴的程度，但如果只分成擅長與不擅長，她肯定是不擅長操作這種東西的人。

但她的記性天生優秀。即使比不上精神被改造的副作用，能自由控制記憶能力的達也，她要重現剛才旁觀的操作程序也並非難事。

深雪開啟直到剛才和哥哥一起審視的畫面。文字資料的捲動速度對她來說有點快，但她沒有變更設定的能力，只好維持現狀忍耐。

深雪從不斷移動的光點，拚命推理哥哥的去向。雖然達也吩咐她乖乖在家裡等，但深雪只有這次不打算乖乖等待。即使結果會違抗哥哥的命令，即使會因而受到斥責，總比在哥哥受傷時袖手旁觀來得好。

這次確實並非爆發大規模的武力衝突。基於這層含義，危險程度堪稱比橫濱那時低。

然而，即使規模不大也一樣。

即使是動武行為大幅受限的狀況也一樣。

對手恐怕是「那個」STARS。

——雖說如此，深雪能做的事情不多。

以個人來說，她年僅十五歲，就已經具備國內最高等級的實力了。不，或許在全世界也是最高等級。

然而，她的能力不是預知或千里眼之類的能力。

還沒有資格動用四葉的力量。

也不像達也擁有個人建立的網路。

更沒有藤林那種駭客技術。

深雪不具備能尋找達也的特殊魔法、組織力或專業技術，就這麼看著螢幕按住胸口。

這是下意識的動作。

胸口中央、心臟上方。衣服的妨礙使她感受不到心跳，卻相對感受得到別的東西。

胸口深處、心臟附近。

深雪感受到自己和達也的聯繫。

這是套在哥哥身上的可恨枷鎖。

重新設定的限制器。

她自己就是鎖鏈與鎖頭。

鑰匙也在她的手中。

在束縛自己的同時束縛哥哥，近似詛咒的祕術。

然而，這也成為確實的聯繫，使她與哥哥相繫。

——要是我也看得見就好了——

深雪如此心想。

即使相隔再遠，達也似乎都知道深雪的狀況。聽說達也的「視覺」能分析物質的存在情報，以情報形式確認深雪的位置與現狀。

換言之，深雪完全沒有隱私。但她絲毫不抗拒。

因為深雪沒有任何非得向哥哥保密的事。

她甚至希望哥哥以這股力量，解讀她藏在心底，無法親口說出來的心意。即使深雪知道達也的視力沒有深及精神次元，也不禁這麼希望。

另一方面，深雪沒有「視認」遠方對象的能力。

相對的，天生擁有精神干涉系魔法的深雪，擁有感應「精神所在處」的「觸覺」。當深雪解開達也身上的限制器，同時解放自己的特異能力，就可以「觸摸」他人的精神。如果有心，或許可以試著碰觸漂浮在世界上的各個「靈魂」。

但她無法感應遠方對象的「存在」。她無法像哥哥那樣，將情報體次元原本不存在的物理距離當成「無」直接穿透。

這正是視覺與觸覺的差異。觸覺可以碰觸到確定「位於那裡」的東西，卻無法找到不曉得位於何處的東西。

深雪拚命推理。由於在內心深處感受著哥哥，著急的心情無謂地強烈。

在無法說明的不祥預感驅使之下，許願想趕到哥哥身邊。

就這樣，不曉得注視畫面經過多久的時間。

告知客人來訪的鈴聲忽然響起。

深雪回神看向時鐘。

好，請對方回去吧——深雪如此心想。換句話說，現在是不使用假裝不在家這招也不會遭受責難，拜訪別人家實在太晚的時間。

深雪看向門鈴對講機螢幕，認出訪客是誰之後立刻變更計畫。她在腦中挑選要穿的衣服，計算換裝所需的時間。

「老師，可以請您稍待一下嗎？」

來訪者是八雲。

◇　◇　◇

達也在樹後觀察吸血鬼和蒙面魔法師的戰鬥。

他是在開戰三分鐘前抵達這座公園。確認完全猜中緝捕地點時，達也的嘴角不禁放鬆，現在則是屏著氣，隱藏氣息等待機會介入。

依照真由美的情報，吸血鬼是複數，追捕的獵人也是複數，但正在他眼前交戰的確實是昨天那兩人。不過他始終是從各集團的動向預測首先開戰的地點，並非追蹤特定的個體。

（……這是巧合吧？）

一陣戰慄竄上背脊，使得達也差點洩漏氣息。他好不容易在緊要關頭把持住，並且在內心抱怨——如果這是命中註定，那也太討人厭了。

達也再度觀察戰況。明顯是蒙面魔法師占優勢，推測是吸血鬼的白蒙面女在找機會逃走。而且封鎖逃離路徑的包圍網還不完整。

（四人啊。雖說正如預料，但是好少。）

在三方勢力（包含沒協助七草的警方就是四方勢力）複雜地相互牽制之下，四名魔法師從四個方向接近此處。明明是無法使用街道監視器的客場勢力，居然能瞞著其他勢力聚集四人。雖然或許應該稱讚個幾句，但這座城市在立體層面非常寬廣，若要完全封鎖逃離路徑，令人不得不說人手不足。

正因如此才不是「捉迷藏」，而是「捉鬼」吧……

（敵人的敵人終究是外人。不會只因為是敵人的敵人，就肯定是自己人嗎……）

要是追捕吸血鬼的勢力全部聯手，既然各小組都派出這麼多人馬，理當能輕易逮到。但各方想法都不同，應該沒辦法如願吧。以達也自己的狀況來看，他和真由美或艾莉卡聯手的目的就不是完全一致。

總之以現在來說，吸血鬼是敵人。

（那麼，對方會如何出招呢……）

達也預料蒙面女會做的數種反應，同時從腰後抽出的不是ＣＡＤ，是槍。這當然是非法持有槍械，但達也事到如今不可能在意這種事。他以完全放鬆的姿勢，朝躲避刀招大幅跳躍的吸血鬼舉槍，大致瞄準腹部之後隨意扣下扳機。

據說手槍的平均有效射程是五十公尺，實戰時的有效範圍是二十公尺以內。這方面從上個世紀就沒變，因為手槍就是以這種需求打造的武器。

達也藏身的樹後距離長大衣怪客約十公尺。即使達也接受的訓練時間超過必要的最底限，但並非平常就會練習開槍，所以他在這個距離很難精密瞄準。

手上的槍，是依照使用子彈的特殊性而設計的中折式單發手槍。事實上沒有重來的餘地，必須一槍分勝負。其實達也很想瞄準裸露的肌膚部位，但他做不到這種事，只能作罷。

何況到頭來，對方帽子深戴、大衣及踝，白色面具完全遮住臉，可說是毫無裸露肌膚的穿著，所以無須煩惱。

槍聲幾乎由消音器吸收殆盡的低速重量彈，正如預料命中大衣的腹部。重量是九毫米彈兩倍的這顆子彈彌補速度的不足，使吸血鬼向後仰倒。

蒙面魔法師將頭轉向達也。金色雙眸蘊含激烈到彷彿會射穿一切的目光看向達也。雙眼裡是沒有誤解餘地的敵意。

她扔下刀，達也同時放開槍。

女魔法師伸手到腰後，達也伸手到懷裡。

達也先完成抽取動作。

但他扣下ＣＡＤ扳機的手指，在中途停止。

對方手上是中型的自動手槍。達也的視力捕捉到槍身正在形成魔法式。

發動速度匹敵達也的分解魔法。光是握住就能展開啟動式的單一用途武裝演算裝置，省略操作按鍵的程序，因而取得先機。

發動的魔法是情報強化。在子彈通過槍管時強化各種屬性的魔法。

達也操作ＣＡＤ的選擇器切換啟動式，從分解情報體的魔法，改為分解實體的魔法。

瞄準目標是蒙面魔法師手上手槍的膛室。從那裡射出的子彈。

行使魔法時的高密度情報處理，造成時間延遲的感覺。達也在這種感覺中，看著蒙面魔法師朝自動手槍的扳機使力，並且扣下ＣＡＤ的扳機。

達也與蒙面魔法師的距離約十五公尺。即使對方的子彈同樣是重視消音效果的亞音速彈，命中目標的時間也不到零點零五秒。

這幾乎和一瞬間同義。

然而，情報強化作用在子彈的時間更短。

包含彈速的各屬性情報都瞬間強化的子彈，在飛翔途中分解為塵埃。

面具後方透露動搖神情。

達也認為，對方確實足以具備自信。

如果只是一般的「停止」或「方向改變」，應該擋不住剛才那一槍。如果實力有克人的水準就另當別論，但一般魔法師不可能做得到。連十師族實戰部隊等級的魔法師應該也很難。

至於達也，也是因為「分解」是很適合用來剋「情報強化」的魔法才能應付，否則在沒有對策的狀況初遇這一槍肯定很難防禦。

不過這是假設。實際上，蒙面魔法師正在達也面前露出藏不住的破綻。

達也在意識到對方破綻的同時擊出魔法。

剛開始來不及使用的魔法，這次確實瞄準蒙面魔法師使出。

映在達也視野的，是記述「色」、「形」、「音」、「熱」、「位置」的情報體。他不是瞄準對方主體，是瞄準偽裝魔法本身使出對抗魔法——術式解散。

直接分解魔法式的這個魔法，將類似布偶裝的中空外表撕碎、剝除。

——下一瞬間……

——魔物蛻變為天使。

◇　◇　◇

夜景化為星星流逝。疾馳於都心高速公路的電動車內部，感受不到任何聲音或振動，使得車外景色看起來如同立體影像。

「……老師。」

深雪在寧靜的車廂後座，有些顧慮地開口。

她詢問的對象，是坐在身旁的忍術師九重八雲。

「嗯，什麼事？」

閉目的八雲睜開雙眼，轉頭看向深雪。

「這次您為什麼會……提供助力？記得您總是規戒自己別涉入俗世之事……」

自戒，或是持戒。意義不同但結果類似。而八雲課予自己的規戒是自戒，也是持戒。

「這次是基於一些隱情。」

八雲的語氣一如往常飄然，深雪難以看出他的內心。

「我出家之後拋棄俗世枷鎖，卻沒拋棄忍術。因為這不是我一個人的問題。」

不是沒能拋棄，是「沒拋棄」。沒有逞強或悲壯氣息，完全理所當然般地位於八雲之中……就深雪看來是如此。

「算是技術繼承者的義務或責任……或許這也是庸俗至極的事情，但連佛門也無法和權威與傳統劃清界線，所以應該在容許範圍吧？」

即使八雲如此詢問，深雪也無從回應。與其說是深雪的問題，應該說根本不該問十五歲的少女這種事。

「這樣啊……」

含糊附和是深雪竭盡所能又妥善的做法。駕駛座的八雲徒弟傳來疑惑的氣息，但這或許只是多心罷了。

「其實我聽風間說，達也的敵手可能會使用九島的『扮裝行列』。如果這是真的，我就得代替教導我『纏衣』的上一代，好好告誡那個術士才行。因為九島的『扮裝行列』就是源自『纏衣』。受不了，有夠麻煩。」

八雲如此抱怨。

但是，最後那句輕率的發言，沒傳入深雪耳中。

「九島家祕術『扮裝行列』的原型，是老師的師父……？」

如果是達也，或許會覺得「原來如此，也可能發生這種事」而率直接受這個事實。但深雪不得不回問。

「咦？妳不知道嗎？第九研的設立目的，就是將合理化、重新系統化的古式魔法當成現代魔法，開發能施展這種魔法的魔法師。第九研為此聚集許多的古式術士，上一代也在內。」

深雪當然不知道。

應該說，魔法技能師開發研究所被當成現代魔法的黑暗面，半數不幸遭受封印，認定女高中生知道這種事就是錯誤的想法。即使深雪將會繼承最惡名昭彰的第四研成果，也不可能知道其他研究所進行的研究。

「……那麼，老師的姓氏難道是……」

深雪恍然大悟地睜大雙眼，臉色蒼白地詢問。

「不，這妳想太多了。」

八雲苦笑著搖了搖手，大概是立刻明白深雪在懷疑什麼。

「九重這個姓氏是上一代傳承下來的。」

車內的氣氛稍微和緩。但暫時上升的溫度立刻驟降。

「總之基於這段來由，前一代傳授給九島的『纏衣』，由九島改造而成的就是『扮裝行列』的術式。其中包含我們原本不外傳的祕傳。所以要是和達也起糾紛的魔法師會使用『扮裝行列』，就非得叮嚀不准繼續外流。如果對方不肯聽話，那麼很遺憾地，我就逼不得已了。」

八雲的語氣與表情依舊飄然，深雪卻感覺背脊一陣寒意。這不是深雪的錯覺。開車的八雲徒弟肩膀同樣緊繃。

◇　◇　◇

魔物變成天使。眼前產生的犀利變化，足以喚醒達也內心這種陳腐的感想。

令人聯想到深淵黑暗的深紅頭髮，化為在微弱路燈光芒中依然耀眼的金色。

凶厄的金色雙眸，化為清澈的穹蒼色。

臉頰線條變得柔和，體型變得嬌細。

連身高看起來也稍微變矮。不對，是至今看起來較高。

小小的面具，遮擋不住她的美貌。

原來如此，既然連體格看起來都不同，就能理解她為何能瞞過全世界的目光至今。如果不是累積各種參考材料，達也應該也認不出來。

手不同於思緒，在下意識領域行動。亮麗的金髮碧眼少女連開了五槍，但沒命中達也就統統化為塵埃。

在合計的第七槍擊發之前，少女手上手槍的滑套彈開，槍管脫落。

不只阻止槍擊，還進一步以「魔法」破壞使用中的演算裝置。面對這種離譜事態，蒙面少女停止動作。

「莉娜，住手！我不打算和妳敵對！」

達也抓準空檔試圖扭轉現狀。他今天的目的是逮捕吸血鬼，在逮捕之後查出真面目。所以才刻意煞費苦心地準備了具備複雜機關，會在中彈的同時射出針頭的麻醉彈，以及用來發射的中折式單發手槍。

和蒙面魔法師──也就是莉娜的戰鬥，對他來說是沒必要、多餘的行徑。他這句話是為了結束這一幕……

然而，這步棋失算了──造成反效果。面具後方的藍色雙眼，蘊藏強烈的光芒。

莉娜將滑套與槍管脫落的手槍一體型CAD收回腰間槍套，右手改握小型投擲用匕首。

一般公認USNA的魔法師愛用武裝一體型CAD。這把匕首或許也不是普通短劍，而是某種武裝演算裝置。

短靴猛蹬軟土地面。這不是少女能達到的速度，卻也沒超越常人極限。

達也從口袋取出鉛彈，以手指彈射。

鉛彈撕裂空氣飛向莉娜右手——就這麼貫穿過去了。

沒噴出血花。鉛彈不是射穿肉體，是穿過幻影。

莉娜就這麼揮動手臂。匕首射來的方向，和達也肉眼視認的位置偏移約一公尺。

達也跳向側邊閃躲，目光沿著軌道而去。幻影再度在他眼前架起投擲用匕首。

他的肉眼視認到戴著小面具的少女形體，他的心眼認知到中空的立體影像。

（真棘手！）

達也在心中默默咒罵。他知道相關知識，但實際體驗的感覺還是不同。

術式「扮裝行列」創造的情報體所記述的要素，為「色」、「形」、「音」、「熱」、「位置」，和八雲的幻術「纏衣」相同。

「纏衣」是在偏移主體的位置，映出和主體一模一樣的色、形、音、熱。相對的，莉娜的「扮裝行列」著重於映出和主體不同的色與形。但「扮裝行列」並未省略偽裝位置的功能。由九島發明，再由莉娜繼承的這個魔法式，也具備偏移位置的功能。

如今，莉娜將用來偽裝色與形的演算能力，分配到偽裝位置之用，試圖讓達也掌握不到她主體的座標。而且只要沒鎖定座標，就無法朝對方使用魔法。根據視覺情報鎖定座標的魔法，要是找不到對方就會失效，這是相同的道理。「扮裝行列」和幻術的差別，在於連情報體次元的座標都能夠偽裝。

要朝對方使用魔法，非得將魔法式投射到目標對象的情報體。例如在操作電腦檔案時，必須指定檔案所在的資料夾路徑執行指令，但每次確認路徑會很麻煩，所以大多使用捷徑。要是將捷徑掉包為指向沒有主體的假檔，即使使用相同程序，也無法執行檔案的操作而出錯。

套用在魔法發動程序，視覺情報大多會成為捷徑圖示，再組入聽覺情報或溫度、觸覺情報。視覺情報受到幻影干擾，魔法就無法發動，但要是主體與幻影重合，幾乎都可以從座標情報找到主體的情報體。在這種狀況，魔法雖然會延遲發動，卻可以確實生效。

即使幻影投射在異於主體的位置，還是可以從幻影和主體的關連性為線索，找出主體的情報體。但要是在座標偽裝過的情報體次元準備主體的幌子，以五感情報為捷徑施展的魔法式就會作用在幌子上，造成「什麼事都沒發生」的結果。

這就是對抗魔法「扮裝行列」的機制。

——因此，「扮裝行列」有兩種破解法。

——破壞幻影，在新幻影形成之前找出主體進行攻擊。

——或是不依賴五感，找出主體位於情報體次元的座標進行攻擊。

以目前來說，第一種方法並未順利執行。莉娜發動魔法的速度本來就快，甚至凌駕於深雪。

而且她應該有特別練習過這個魔法，再度發動的速度快得像是怪物。

第二個方法達也同樣做得到。但要一邊承受物理攻擊，一邊將大部分的知覺從物質次元轉移到情報體次元，堪稱一種賭注。

（——不得已了。）

達也在躲開第五把匕首時下定決心。不是在幻影形成之前找出主體攻擊，也不是在情報體次元直接找到對方的情報體，而是使用第三個方法。

他從上衣口袋取出一個單手就能掌握的圓筒罐。

然後輕輕往「上方」扔。

莉娜一瞬間露出疑惑表情，在確認「罐子」是什麼之後睜大雙眼。

——是小型的投擲榴霰彈。

「Je……」

莉娜大概是想說「Jesus」吧，但她無法說完這句話。她甚至省下講這個詞的時間，架設了反物質護壁。

（定率減速。）

另一方面，達也以閃憶演算發動領域魔法，讓物體的運動速度以固定比例減速。虛擬魔法領域打造的微弱護壁，不可能完全擋下自己扔出的投擲榴霰彈（朝四周噴射霰彈的手榴彈）。使用

將速度設定為零的停止魔法，可能會輸給霰彈的動能，導致事象改變失敗。

因此他使用定率減速。即使如此，他的能力不足以大規模減速到百分或千分之一。

達也將自己準備的武器規格和虛擬魔法領域的干涉力放在天秤兩端，以魔法確實會成功的極限層級施展魔法。

定率減速無法阻止霰彈。這原本就不是這種魔法。達也側身跪地，細小霰彈打向他的肩膀、側腹、大腿，以及保護頭部的手臂。

幾乎沒有霰彈貫穿具備簡易防彈功能的人工皮革布料，但還是有十幾顆霰彈淺淺地打入了腿部與背部。

【自我修復術式／自動啟動】

（強制停止自我修復。）

達也以意志力阻止自我修復自動啟動，衝向緊急架設護壁完全擋下榴霰彈的莉娜。莉娜試著重新架設反物質護壁，卻中了他的分解魔法而失效。完全出其不意的攻擊，即使是莉娜也無法繼續抵抗了。

「……達也，你真亂來。」

莉娜被推倒仰躺在地上，達也壓在她上面。莉娜從被壓制的下方，以受不了的語氣搭話。沒以面具遮掩的嘴唇露出笑容展現從容，但不難看出只是虛張聲勢。

「不知道位於何處，就以沒有指向性的攻擊逼出來。這是鐵則吧？」

「那叫作無差別攻擊。」

「妳要這麼解釋也無妨。很遺憾地，我沒有操作廣域魔法的能耐。總之我確定莉娜肯定能防禦，妳就看在這一點原諒我吧。」

「但我覺得要是因而傷到自己，根本得不償失。」

「沒這麼做就抓不到妳。」

「你想擄獲我？如果想談情說愛，麻煩用更浪漫的方式進攻吧。」

達也注視著面具後方的湛藍雙眼，咧嘴一笑。他將莉娜雙手疊在頭部上方，單手壓住她打開的手心。

達也空著的手移向面具，使得莉娜瞬間肩膀一顫。她包著厚實手套的左手手指想動，卻被達也使勁撐開了。

「……達也，這樣很痛。」

「很抱歉，我知道那種ＣＡＤ的構造。那麼……」

達也的手伸向面具。

莉娜閉上眼睛別過臉。明明早就知道真面目，但她似乎不希望真面目曝光。達也無法理解這種心理，但他又不是要剝掉衣服，所以沒有住手的理由。

「Activate，『Dancing Blades』！」

達也的手碰到面具的同時，別過臉的莉娜放聲大喊。

剛才投擲的五把匕首被莉娜叫回來，襲向達也。

（是語音辨識的武裝演算裝置嗎……觸發的不是啟動式，而是延遲發動術式。還真是有趣的演算裝置。）

達也感應到高速射來的匕首，在心中如此低語。

兩把匕首瞄準他伸向面具的右手、另外三把分別瞄準右肩、左手臂與腿部。

全都避開要害。

這麼說來，莉娜從剛才的所有攻擊都是為了剝奪戰力，而不是為了殺害……達也如此思索的時候，匕首已經抵達他的身體。

而且在碰觸他身體的瞬間，化為塵埃飛散。

「腐蝕……不對，分解……？」

莉娜將移開的目光投向達也，愕然低語。

達也不以為意地繼續要取下面具。

莉娜激烈地搖頭抵抗，但達也沒放開她。

「達也，你會後悔！」

「在原本應該成功逮到的目標逃走時，我就好好後悔過了。」

達也和莉娜扭打在一起時，吸血鬼已經逃之夭夭。即使加了一道保險，也免不了感覺徒勞無功。莉娜明明也在追捕吸血鬼，居然協助對方逃亡，達也搞不懂她的心態。

即使莉娜以溼潤的雙眼狠瞪、拚命出聲警告，依然不構成達也感到躊躇的理由。他依序解開覆蓋耳朵的接收器扣環。看來這副面具果然兼具情報終端裝置的功能。

達也輕輕地取下材質意外堅固的面具。這時顯露出來的美貌，連慣於看見美少女的達也都差點發出嘆息聲。

莉娜緊咬嘴唇，凶狠地瞪著達也。

下一瞬間，她嘴裡發出裂帛般的慘叫。

過於唐突的發展，令達也大為驚訝。

他抓住莉娜雙手的臂力完全沒放鬆，是風間那群壞心眼部下百般訓練的成果。

「來人，救命啊！」

少女的叫喊，如同遭受強姦犯襲擊而求救。

強姦犯……更正，達也以白眼注視著她逼真的演技。

此時，如同等待莉娜的尖叫為暗號，忽然響起奔跑而來的腳步聲。四個方向各出現了一個人影，合計四人。他們身上是深藍色制服，加穿白色反光塗料條紋的深藍防彈背心。制服帽子正面的閃亮徽章是櫻花的圖樣。

達也抓著莉娜的左手拉她起來，硬是剝掉她左手的手套。隨著大衣纖維撕裂的觸感，莉娜白皙的手顯露在外。

「雙手舉高向後！」

從正前方跑來的警官（打扮成警官的男性）舉起手槍大喊。

達也繞到莉娜身後，就這麼將她撞向男性。

莉娜尖叫了一聲，撲進男性懷裡。

穿制服的男性抱住她。

達也跳過莉娜頭頂，踩在這名男性的肩膀上。

如同踢足球的一腳，正中男性的臉龐。

男性無聲無息往後倒。達也往他的肩膀一蹬，脫離假警官的包圍網。

「……如果真的是警官，你打算怎麼善後？」

莉娜一副不敢置信的語氣詢問。

然而……

「安吉·希利鄔斯，該停止這齣鬧劇了。」

達也的回應，使得空氣發出聲音而凍結。

「無論是真警官還是假警官，只要是協助妳的人就一樣。如果是一百年前還很難說，但是依照這個國家現在的刑法，外患串謀罪即使沒動用武力同樣成立。妳以為我看到假扮的警察會害怕就大錯特錯了。別小看我們日本魔法師的覺悟。」

除了被踢倒的一人，另外三名假警官正觀察著莉娜的表情。觀察著他們的總隊長——安潔莉娜・希利鄔斯的表情。

莉娜嘆口氣，朝達也微微屈膝，恭敬地行了個禮。

「恕我失禮。我剛才的確太過小看了。眼見和所聞大不相同。我以同為魔法師的身分，在此向你謝罪。」

接著她打直背脊，併攏雙腳，右手移到額頭旁邊。即使沒有戴著軍帽，這也是毫無誤解餘地的軍人敬禮。

剛才是以魔法師的身分謝罪，接下來是以USNA軍魔法師部隊總隊長的身分謝罪。

她表達的應該是這個意思吧——達也如此解釋。

「我是USNA軍統合參謀總部直屬魔法師部隊——STARS的總隊長安潔莉娜・希利鄔斯少校。安吉・希利鄔斯是剛才偽裝時使用的名字，請和至今一樣叫我莉娜。那麼……」

至今以名為禮儀的薄膜包裹的殺氣，如今裸露在外襲向達也。

「達也，既然你得知我的真面目與真實身分，STARS就非得抹殺你。明明戴著面具就可以想

「原來妳說的『後悔』是這個意思。」

達也在吹襲而來的殺氣中，露出無懼一切的笑容。

「要是你剛才受騙被抓，至少可以免於一死。」

「真抱歉，也就是我糟蹋了妳難得的貼心之舉。」

「不，抹殺你是我們為求方便的任性決定，所以你無須道歉。你要抵抗也行。」

莉娜右手握著其中一名假警官給她的戰鬥刀，左手握著中型手槍。是刀劍造型的武裝演算裝置，以及手槍造型的特化型ＣＡＤ。

達也同樣從懷裡拔出ＣＡＤ。

「達也，真的很遺憾。我其實挺欣賞你。」

莉娜伸直左手，將ＣＡＤ指向達也。

達也伸直右手，將ＣＡＤ指向莉娜。

莉娜的部下圍在達也兩側與後方。

「……達也，永別了。」

「莉娜，妳休想！」

此時，這個威風凜凜的聲音忽然震撼寒冬的冰冷空氣。

莉娜湛藍的眼中浮現驚愕，轉身看向聲音來源。

莉娜的部下從三方向同時襲擊達也，可能是為了保護露出破綻的長官。

大把戰鬥刀砍向達也。刀刃延伸出來的線上，形成「分子切割」的虛擬領域。

達也扣下CAD扳機。反斥分子結合力的虛擬領域，違反術士的意志而消失。

達夜鑽過成為普通刀子的戰鬥刀，脫離包圍網。和他擦身而過的莉娜部下按住腹部倒地，鮮血不斷從手指縫隙湧出。

達也染血的左手一揮，血花飛向假警官。

一人停下腳步，一人繼續突擊。

達也的右手朝向莉娜。

莉娜的左手朝著宣布要妨礙她的對象——深雪。

莉娜展開的啟動式，被達也的「術式解散」粉碎。

襲擊達也的男性前方，矗立一道膽敢踏入就悉數凍結的寒氣之牆。

男性緊急停下腳步。

一個影子竄到他身後。

男性無聲無息地昏倒。

另一人早已趴在地上。

「哎呀～達也，真是千鈞一髮。」

瞬間制服兩名STARS隊員的八雲，以一如往常的悠然表情接近。

他的樣子使達也感受到自己依然不夠成熟，無法維持「一如往常」到這種程度。

「師父，您明明一直躲在旁邊等機會出場，這是睜眼說瞎話。」

達也不願意就這樣佩服，所以試著挖苦一番。

這番話使莉娜瞪大雙眼。

她面前是拿起CAD備戰的深雪。

達也的右手依然筆直指向莉娜。

八雲的視線朝向達也，但確實將莉娜收入視野範圍。

如今被包圍的是莉娜。

「唉，有什麼關係呢？畢竟你似乎也有很多事想問。」

「咦，哥哥，是這樣嗎？」

深雪以慌張的表情轉身。雖然她的目光離開了莉娜，但達也與八雲同時增加壓力，因此莉娜動彈不得。

深雪可能也立刻察覺自己失態，連忙將視線移回莉娜。

「原來您是為了套出情報而故意被包圍……哥哥，我完全不曉得您的想法而多管閒事了。請您原諒。」

依然看著莉娜的深雪，以充滿愧疚的語氣請求達也原諒。

「不，我剛才確實很危險，妳的判斷沒有錯。所以妳無須道歉。我反而該跟妳道謝。深雪，謝謝妳。」

「哥哥……您這番話，我擔當不起……」

深雪以陶醉臉紅的表情低語。總之，深雪向達也道歉之後都會變成這樣，這就像是既定的公式，或是一種儀式或藝術形式的美。但深雪依然沒有從莉娜身上移開目光，看來她勉強留著最底限的理性。

「何況，我想問的事情，只要現在開始問就好。」

這是對深雪說的話語，同時也是說給莉娜聽的話語。一字一句清楚發音的語氣，使莉娜理解到達也這番話也是對她說的。

「……你打算用強硬手段質詢？」

「我覺得質詢大多是使用強硬手段吧？」

莉娜以像是會響起咬牙聲伴奏的聲音如此詢問。達也間接回以肯定之意。

「一對三太奸詐了吧！不公平！」

「居然說不公平……你們剛才多少人包圍哥哥？」

深雪以傻眼的語氣，吐槽莉娜完全表達不甘心情緒的責難。

「唉，別這麼說。」

達也在妹妹的傻眼變化為憤怒之前安撫她。

「『公平』是在自己處於有利立場時，用來維持有利條件的片面之詞；『不公平』是在自己處於不利立場時，要求對方讓步的權宜之計。因為靠實力沒勝算，所以用口才迴避爭端，這種做法在戰術上沒錯。深雪，認真就輸了。」

「原來如此，是這麼回事啊。」

達也說得非常直接，但至少足以讓深雪冷靜。

「片面之詞？權宜之計？」

但似乎同時也足以激怒莉娜。

順帶一提，八雲則是壓抑著聲音偷笑。

「你們這些寡廉鮮恥地運用真心話和表面話的日本人，沒資格說我！」

「妳也是四分之一的日本人吧？」

「……！」

「妳使用的『扮裝行列』是日本開發的術式，妳能使用那個魔法，是因為擁有九島的血統，也就是擁有日本人的血統吧？何況雙重標準是白人既得勢力的拿手絕活，我沒聽說哪個民族不會靈活運用真心話和表面話。」

莉娜雪白的肌膚染成鮮紅，默默瞪著達也。但因為她「瞪」的動作搭配著「沉默」，代表她無從反駁吧。

達也以（壞心眼的）笑容承受莉娜的視線，發現肅殺的氣息稀薄許多而發出苦笑。

「……有什麼好笑的？」

「沒事，只是覺得即使直接詢問，妳應該也會賭氣不招供吧。」

「至少要說我是『堅持』！」

居然知道賭氣與堅持的差異，日文學得真好。達也感到佩服——但這種事真的不重要。

「畢竟其他集團似乎也快趕來了……」

「慢著！你有聽我說話嗎？」

不重要的事，最好是充耳不聞。

「莉娜，我們來一場『公平』交易吧。既然妳說一對三很奸詐，那就一對一決勝負吧。要是妳贏了，今天就放妳一馬。相對的，如果我贏了，妳就老實回答所有問題。這樣如何？」

即使莉娜贏了，她的真面目依然為人所知；要是達也贏了，就非得說出一切。雖然對決本身是一對一，但這場交易的結果一點都不划算。

「……好吧。」「請等一下！」

莉娜苦思之後接受條件，深雪在同一時間插話提出異議。

達也與莉娜看向深雪。

深雪毫不畏懼，以清晰的語氣說下去。

「哥哥，和莉娜的對決，可以交給我負責嗎？」

「深雪，妳為什麼……」

「莉娜，給我記住一件事。我絕對不會原諒企圖傷害哥哥的人。我將妳當成勁敵與朋友，但要是妳想殺哥哥，即使只是嘴裡說說，我也絕對不會原諒。我要親手讓妳體認這個罪過。」

深雪的眼中蘊含百分之百認真的光芒。莉娜想笑著帶過她這份過於深刻的執著，卻只露出抽搐的笑容。

「放心。我不會殺妳。」

深雪這番話，是確信自己將會勝利的宣言。

「喔……深雪，妳覺得妳贏得了我？贏得了擁有『天狼星』稱號的我？」

莉娜聽到這番話，內心燃起不服輸的火焰。

兩名美女互瞪。

「好吧。深雪，交給妳負責。莉娜也同意吧？」

「哥哥，謝謝您。」

「沒問題。如果我輸了，要我說什麼都可以。但是不可能有這種事！」

達成協議了。就這樣，兩名絕色美少女的華麗決鬥，即將拉開序幕。

◇◇◇

深雪自認並公認擅長冷卻魔法與凍結魔法。

但她的魔法本質是停止振動或停止運動，不是使喚雪之精靈或冰之魔物。當然也不像少年奇幻作品中常有的設定，沒有因為受到精靈的保護而不會覺得冷。

換言之，這段話要表達的意思是——

會冷的時候還是會冷。

在寒冬夜晚坐在機車後座，不可能不會冷。

所以——

（緊貼在一起也不奇怪吧……因為很冷。）

深雪緊緊抱住達也的腰，臉頰按在他的背上，胸部緊貼到毫無縫隙的地步，在心中重複著類似咒語的藉口。

——事到如今還需要藉口？這句吐槽就設定為禁句吧。

八雲轉頭朝緊跟在後的電動機車大燈一瞥，露出任何人都會評為「壞心眼」的笑容。從他的位置，完全看不到坐在機車後座，被達也擋住的深雪。但深雪現在是什麼樣的姿勢、狀態與表情，八雲都瞭如指掌。八雲對他們兄妹彼此抱持的情感非常感興趣。

八雲揚起嘴角後，感覺旁邊的緊張氣息增加。看來對方朝奇怪的方向誤解他的笑容。

「不用這麼警戒。只要妳遵守剛才的約定，我就不會危害妳。」

「……我現在處於這種立場，你要我相信這種話？」

莉娜的視線固定在正前方，以僵硬的聲音開口回應八雲。不對，比起「僵硬」，或許更應該形容為「緊繃」。

「妳有這種感覺也在所難免吧。」

莉娜夾在八雲與他的徒弟中間，深深坐在電動車後座。知道莉娜立場的人看到這一幕，無疑會解釋為「移送」吧。莉娜不久前才體認到兩旁男性的實力，所以這種感覺更加強烈。

八雲瞬間就打昏兩名STARS的精銳。

完全沒讓莉娜他們察覺，不知何時就站在身後，身穿黑色裝束的——忍者。

開車的男性，背後同樣毫無破綻。

莉娜覺得他們並非一對三打不倒的對手，卻也沒自信能全身而退。

「不過，妳只要相信我就沒問題。」

八雲明明感受到她的緊張，應該也察覺這是源自敵意與警戒，但他的語氣極為悠哉。

這使得莉娜內心更加發毛。

「我對妳和達也的對立沒興趣。我只對祕傳是否正確傳承感興趣。所以如同剛才所說，我只要求妳別公開九島傳授的術式。要是傳授給沒資格學習的人，就不是正確的傳承方式。」

「……你對國家利益沒興趣？」

「沒有。」

「對世界和平呢？人類社會的未來呢？」

「沒興趣。因為我已經拋棄俗世了。」

「你也是魔法師吧！」

從莉娜的價值觀來看，八雲這番話是離譜又不應有的說法。所以她更加無法相信。

「我是『忍者』，不是魔法師。」

八雲以溫和的聲音回應這樣的她。這是斷然、否定的回應。

「……忍術師也是魔法師的一種吧？」

「即使能使用魔法，也不代表非得成為魔法師不可。」

莉娜明白八雲這番話的意思。

可以理解。

然而，她無法接受。

「同樣的，即使成為魔法師，也不代表自動有義務為國家效力。」

雖然無法接受，卻不知為何也無法反駁。

◇◇◇

載著莉娜的車停在某處河岸。

形容為「某處」是因為莉娜不熟悉地理位置，從行車時間推算，這裡應該是東京都或是鄰近的縣市，但莉娜驚訝於東京這個大都會近郊有這種地方。

完全看不見燈光。

車子關閉大燈，後方的機車也關閉大燈之後，出現一個可說是漆黑的舞臺。

沒有月亮，只有星光是唯一的依靠。達也與深雪在這樣的黑暗中走過來。

忽然間，無法言喻的不安襲擊莉娜。

雖然ＣＡＤ沒被沒收，但她手邊沒有發訊機與通訊終端裝置。明明沒搜身，身上所有物品卻都被說中，她只能乖乖交出來。

對方說晚點會歸還，但她現在無法將自己的所在位置告知己軍。監視衛星應該有在追蹤她的位置，不過帶她來到這裡的，是公認擅長幻影魔法的「忍術師」團隊。他們或許騙得過軍用監視衛星的高解析度監視器。

——自己該不會就這麼被囚禁在不知名的地方吧？最壞的狀況，還可能被暗殺。

莉娜隔著衣服，緊握懷裡的ＣＡＤ。

——為了以防萬一，她不惜使用王牌。

「我大致猜得到妳在想什麼，但我會守約，放心吧。」

莉娜光是避免發出聲音就沒有餘力。忽然有人對她說話，她無法壓抑身體的顫抖。她轉身一看，達也接近到只靠星光也勉強看得出表情的距離，對她露出無聲的笑容。

「我只是要問話。等我問完想問的事，就會送妳到車站。」

在對方眼中，這是非常引人不快的笑容。

「除非打贏我，我才會說。」

莉娜的聲音自然變得尖銳。

「當然。包含這一點在內，我會守約。」

絲毫不受影響的厚臉皮，令莉娜更是感到煩躁。但她也明白就算在這時候違抗，也只會讓己身立場更加不利。

她緊咬臼齒，犀利的視線投向達也身後——投向深雪。

深雪以洋溢鬥志的眼神回視莉娜。她已經充滿幹勁。

「那麼……莉娜可能會有所不滿，但是請師父擔任裁判吧。雖說是裁判，也只是負責判定勝負，不會主導比賽或是中途出手。」

「我從一開始就知道這裡盡是我的敵人，所以沒什麼不滿。」

「很高興妳這麼灑脫。」

達也隨口帶過她這番討人厭的話語。

莉娜感覺挫敗的情緒高漲過度，心情反而冷靜下來。

「那麼，就由不才我九重八雲擔任裁判吧。勝負條件是其中一方投降或是再也無法戰鬥。不准下殺手，不然會留下遺恨。」

「我明白了。這樣就夠了。」

「我會在那之前結束這場對決。」

深雪平靜地點頭，莉娜則是意氣風發地示意接受。

即使態度成為對比，卻同樣不懷疑自己勝券在握。

簡直是一觸即發。

「那麼，開始吧。」

「師父，請稍待。」

不過，有個不懂察言觀色的人刻意在此時潑冷水。達也百分之百完全無視於八雲與莉娜投過來的白眼，走到妹妹身旁。

他走到深雪正前方兩步的距離，依然沒停下腳步。

「那個……哥哥？」

深雪看不出哥哥的意圖而感到困惑，但達也沒有回應。

達也走到她正前方一步的距離。

依然沒停下腳步。

然後，達也在伸手就能抱深雪入懷的極近距離停下腳步。

——擁抱深雪入懷。

「那那那個那個那個……」

深雪被哥哥深深摟住腰際，超過臉紅陷入恐慌的境界。妳剛才在車上明明主動抱哥哥……這大概是旁人會有的感想，但對於當事人來說，主動擁抱與忽然被擁抱完全是兩回事。

達也另一隻手放在深雪的後腦杓。

深雪已經連聲音都發不出來了。

達也的手指滑入妹妹的秀髮。

將忘記抵抗的臉蛋拉到嘴邊。

達也輕吻了深雪的額頭。

解除擁抱之後，眼前是深雪睜大雙眼的臉。

沒有羞澀，只有驚訝。

「這是……為什麼……」

「之前妳示範過一次，雖然不完整，但我學會方法了。即使只有暫時性的效果，但我將控制力還給妳。妳就全力以赴吧。」

「……是！」

哥哥這番話，使得深雪露出毫不浮躁的有力笑容而點頭。

「師父，讓您久等了。」

達也向八雲搭話時，旁邊的莉娜一副飲食過量的反胃表情。

「也讓莉娜久等了……如果妳不舒服可以晚點開始，需要嗎？」

「你這個禍首講這什麼話……不，免了。」

面對完全是在裝傻的達也（就莉娜看來是如此），莉娜儘可能以挖苦的聲音回應之後，再度

轉身面向深雪。

深雪沒跟著達也前來。看來她不打算進行近距離戰鬥。

莉娜對照至今觀察的結果，判斷深雪是不擅長體術的典型魔法師。這是處決魔法師叛徒的劊子手「天狼星」最容易應付的對手。

（我要一招結束這場對決！）

還沒下令開始，但莉娜不打算等待這種信號。並未協定要在信號下達之後才能開打。以自我加速拉近間距、以情報強化癱瘓對方魔法、以格鬥術制服對手。趁著達也等人因為深雪敗北而分心時，以高速移動魔法逃離此處。

這是莉娜的計畫。

然而，莉娜卻發出無聲的慘叫。

她行使魔法的前一瞬間，夾帶霰粒的強風就襲擊而來。

莉娜連忙大幅跳到一旁，躲避絞細的寒氣洪流。她抬頭一看，這次是暴風雪橫向吹襲而來。

莉娜操作空氣密度形成真空壁，勉強擋下這波攻勢。

「這種程度不管用嗎……」

這聲呢喃乘著夜風而來。

莉娜咬緊牙關。

如果是魔法發動速度，莉娜勝過深雪。
即使如此卻被搶得先機，在於深雪率先出手。
而且剛才的連續攻擊，是降低威力，以速度為優先的術式。
莉娜基於雙重意義感到屈辱。
原本想出其不意，卻反遭趁機襲來。
對方認為以降低威力的攻擊也打得倒自己，實際上莉娜也差點招架不住。
（但這次輪到我了！）
之所以間隔片刻，應該是想提升術式威力確實制勝。但莉娜認為這樣將會致命。如此心想的她，平行發動情報強化與自我加速魔法。
莉娜以同時降低重力與慣性的自我加速術式，衝到深雪側邊。她的右手握著從外套拔下來的裝飾鈕釦。
雖然手槍被收走，但若只是要制服高中少女，光靠這個就足夠了。
在雙方距離拉近到剩下五公尺時，莉娜遵從直覺的命令緊急停止。
踩穩雙腳，對抗突然吹拂肆虐，拉扯身體的強風。
莉娜對自己使用靜止魔法，對抗風的吸力。
莉娜在這個位置，以多重發動的方式，朝手握的鈕釦發動移動魔法。跳過加速程序，直接得到三百公里時速的鈕釦，連一公尺都沒前進就失速墜地。

深雪的知覺，捕捉到以眼睛看不見的速度突擊而來的莉娜。

即使無法像達也那樣從情報體次元直接抽出資料，她也能感應到魔法改變事象的痕跡。縱然有級數上的差距，所有魔法師也都做得到這種事。既然是魔法師做得到的事，那麼深雪就能以最高水準執行。

自我加速魔法是對自己進行事象改變的魔法。因此只要即時追蹤事象改變的痕跡，就能掌握術士的位置。達也將這項針對自我加速魔法缺陷的追蹤技術，傳授給了深雪。

到目前為止都符合作戰計畫。不枉費自己刻意呢喃說出「這種程度不管用嗎」這種引人想像的話語挑釁。

重頭戲是接下來的這個魔法。

（「減速領域」。）

術式本身頗常見，在日本或外國都廣為使用，是將目標領域內部物體運動減速的魔法。

但如果是深雪使用這個魔法，減速對象將遍及氣體分子。

氣體分子的運動速度和氣壓成正比。正確來說（其實只是近似的狀況），密閉空間內的氣壓，和氣體分子的運動速度平方成正比。分子運動受到強制減速，領域內部氣壓會降低，依照壓力法則從周圍空間吸取空氣。

急速、強力吸取。

不只是空氣，還波及人與物。

若是被吸入的人，對抗力不足以戰勝魔法，就會被奪走運動速度，囚禁在領域之中。

若是被吸入的人，對抗力足以讓減速領域魔法失效，遭受強制減速的氣體分子將取回運動速度，以適合分子總量的壓力膨脹，也就是爆炸。

這個魔法原本只是在魔法力不足以停止彈砲速度時，用來減少射擊武器威力的次善之計。但是由深雪強大的魔法力施展出來，就成為對付魔法師的兩段式對人術式。

但莉娜卻違抗了氣流的吸力，停在原地。

她以移動魔法射出的東西，大概是裝飾鈕釦。

只賦予初速的樹脂聚合物，不可能突破深雪的減速領域，但深雪擊落這個粗糙的射擊武器，肯定讓莉娜得知她使用了何種魔法。

（既然這樣……！）

攻擊時必須隨時準備第二波、第三波攻勢，這是達也平常就耳提面命的話語。既然將對方拖進減速領域解決的作戰失敗，在領域外側解決就行了。

深雪維持著構築於內側的雙層護壁，解除外側的領域。

被迫處於虛假低速的氣體分子，取回原本的運動速度。

塞在狹小領域的空氣釋放壓力，化為爆風襲擊莉娜。

大規模事象改變的氣息突然消失。

莉娜依循訓練與本能趴在地上，以反物質護壁蓋住自己。

爆風在護盾上方肆虐。高速氣流造成的升力，有可能連同護盾捲走身體。莉娜以多重發動的慣性增加魔法勉強撐下來，維持趴著的姿勢抬頭尋找反擊的機會——不對，是尋找破綻。

莉娜不打算悠閒地（？）等待機會。

到目前為止，完全由深雪先發制人。

對方只是平凡高中生，自己是世界最強部隊的總隊長。

這份尊嚴當然是原因之一，但繼續下去將節節敗退。這樣的認知更加壓迫莉娜的心理。

總之必須稍微反擊，否則戰局會一面倒。

在魔法戰，除非擁有非常堅固的防禦魔法，否則攻方比守方強。這是原則。

莉娜感覺到風壓減弱。這是魔法解除造成的爆風，所以處於壓縮狀態的空氣全部釋放之後，照道理風會平息。

莉娜右手握著戰鬥刀。

雖然手槍被沒收，但用來發動「分子切割」的這把刀沒被收走。

前任天狼星開發，STARS王牌魔法所用的武裝演算裝置。

延伸虛擬領域而成立的這種魔法，需要凌駕於對方魔法師的干涉力。

而且不能只是勉強凌駕，必須高出對方一個等級。

但是至少……

（應該可以吸引深雪的注意才對！）

莉娜維持趴著的姿勢，在深雪看不到的死角以左手扔出數把匕首。

解除慣性增強魔法，以自己做得到的全速起身。

（分子切割。）

單腳跪地，橫向揮動右手的刀。

和虛擬領域延伸幾乎是同時發生。莉娜感受到自己與深雪之間，釋放出一股未曾體驗過的壓倒性干涉力。

逐漸形成的虛擬領域，被壓迫空間的干涉力抹除。

莉娜知道這招會被擋下，可以說是按照預定計畫。

「Dancing Blades！」

莉娜還沒確認分子切割失效，就使出下一個魔法。

悄悄扔在地上的匕首上浮，以眼睛捕捉不到的速度飛去。

貼著地面描繪弧度，迴避深雪支配的空間。

（在這種黑暗之中，四把刀從側面與背後同時襲擊，妳擋得住就擋給我看！）

深雪感應到蘊含著魔法的物體高速接近自己，因此取消正在發動的攻擊術式，切換為全方向防禦魔法。

在半空中迴旋，朝著深雪襲擊而來的匕首，失去飛翔力道而墜地。

護壁魔法是指定方向防禦，比個別認知目標防禦的魔法難度高很多。這種全方向無差別防禦魔法的難度則是比護壁魔法更高，但現在的深雪可以毫無問題地使用。

即使是注入莉娜——天狼星魔法力的攻擊，她也擋得住。

若是平常將控制力分配到控制達也封印的狀態，應該很難擋下這個攻擊。

或許根本無法控制這種精密的術式。

如果單獨和莉娜對決，自己早就輸了……深雪如此心想，在心中獻上感謝。

（哥哥看著我……所以我不會輸。我不能輸！）

運用技巧與巧思的偷襲硬是被擋下。看到這一幕的莉娜，內心同時湧現戰慄與鬥志。

而且，剛才所見的那幅甜蜜到令人反胃的光景，突然在腦海復甦。

當時的舉止，只像是瞧不起這場戰鬥。

然而在那個時候，達也確實輕聲向深雪說了幾句話。

仔細想想，「Dancing Blades」是達也已經破解的術式。

五把匕首同時襲擊達也時，他將匕首同時分解了。

這不是她所知道的分子力中和術式。不過，從結果來看，達也應該是使用了某種方法解除分子的結合。

然而，這不是重點。

重點在於達也面對同時從複數方向襲擊的飛翔物體，可以同時解決。

莉娜認為，自己的攻擊被擋下，絕對不是只靠深雪的實力。

（原來如此……不出手卻出嘴是吧。有你的！）

深雪心想：

我絕對不能輸給妳。

莉娜心想：

我要以全力打倒妳。

然後，兩人同時大喊。

「深雪！」「莉娜！」

「一決勝負！」

空間凍結了。

空間沸騰了。

兩人的魔法力塗改世界，兩種世界激烈衝突。

閃爍晶光的冰雪世界。

閃耀電光的焰雷世界。

凍結空氣的酷寒地獄——「冰霧神域」。

燃燒空氣的灼熱地獄——「熾炎神域」。

一邊是將氣體分子的振動減速，不只是凍結了水蒸氣與二氧化碳，甚至連氮氣都將之液化的領域魔法。

另一邊是將氣體分解為電漿，進而將陽離子與電子強制分離，藉此打造出高能量電磁場的領域魔法。

寒氣將熱電漿恢復為氣體、熱電漿將凍結的空氣還原。

兩人的力量相互衝突，極光簾幕降臨地表。

搖曳、重合的極光之舞。

這真的是幻想世界的光景。

或許足以令人忘記自己和死神相鄰。

達也將手指掛在ＣＡＤ的扳機上，慎重地觀察這幅光景，以便在任何一邊的魔法失控時可以立刻消除術式。

要讓兩人的術式同時失效，預料將會相當困難。但他是專精於分解與重組的魔法師，自認可以強行突破這種程度的難關。

在舞動的極光中，冰雪與焰雷看似會永遠拮抗，但不到一分鐘就產生明顯的趨勢。

寒氣擴大、電漿縮小。

深雪原本就是擅長在廣範圍進行大規模事象改變的魔法師。

另一方面，莉娜是擅長將力量集中在個別物體或現象，造成劇烈事象改變的魔法師。

這場衝突，深雪從一開始就處於有利的地位。

加上這是莉娜繼吸血鬼、達也之後的連續第三戰。

即使沒有自覺症狀，依然累積了疲勞。

這是深雪有利、莉娜不利的對決形態。

深雪與莉娜的這場對決，不是經由兩人魔法力的差距，而是經由是否能夠維持冷靜判斷力的差距而即將定局。

「唔……！」

當事人應該也明白吧。莉娜發出不甘心的聲音。

接著她將手放到身後，再度抽出武裝演算裝置。但無論她是多麼優秀的魔法師，在這種狀況進行多重演算，也肯定是自殺行為。

「兩位，到此為止！」

達也高聲一喊，扣下ＣＡＤ扳機。

他的「術式解散」，同時消除了深雪的「冰霧神域」與莉娜的「熾炎神域」。

寒氣與焰雷劇烈交錯，捲起同時造成燒傷與凍傷的強風。達也準備承受即將來臨的劇痛，但是擁有灼熱與酷寒獠牙的暴風，在他眼前被無形護壁阻擋。

「哥哥！您為什麼這麼亂來！」

深雪臉色蒼白，趕了過來。

莉娜則是愕然地看向這裡。

對於兩人來說，無論疲勞程度如何，應該都能輕易在只算是餘波的熱浪與寒流自保。但是達也做不到。達也對自己的天分已經看開，不過在這種時候會羨慕他人「普通」的魔法天分。

「真是的……達也，這下子你要怎麼辦？」

八雲裝模作樣地以傻眼的聲音詢問。甚至不曉得八雲以何種方式自保，總之他完好無傷——不對，看他身後帶領的徒弟全身泥巴，大概是躲進地底避難吧。也就是所謂的土遁。

「師父……『怎麼辦』的意思是？」

達也明白了八雲躲避寒氣與高熱的方法，卻不明白這個問題的意思。達也率直地……應該說反射性地回問。這次八雲露出比較不像胡鬧的傻眼表情。

「沒有啊，因為……剛才不是說好了嗎？勝負條件是其中一方投降，或是再也無法戰鬥。這原本是你提議的對決，你卻從旁毀掉。這下子你要怎麼辦？」

無話可說就是這種狀況。

在剛才的場面當中，要是達也沒那麼做的話，就是違反「不下殺手」的狀況，所以達也並不後悔介入。

然而，這場對決終究是用來打圓場的藉口。

其實莉娜是很難處置的燙手山芋。

莉娜是正規軍人，基於立場，保證能享有俘虜的權利。若她隱瞞身分就無須在意，但達也已經聽莉娜親口表明是「STARS總隊長」、「USNA軍少校」。何況達也在前一個階段就已經認同，所以不能無視於她成為俘虜的權利。

即使不是法定交戰狀態，只要在實質上的軍事行動，就具備成為俘虜的權利。

何況無須提及這一點，身為民眾的達也他們，不能俘虜身為軍人的莉娜。

若是達也表明自己和獨立魔裝大隊的關係就可以俘虜，不過很遺憾，達也不可能因為這種事就揭露這層機密關係。

若沒有正當權利就質詢、囚禁莉娜，只會讓USNA得到政治藉口。行刑更不用說。

莉娜這邊當然處於「軍人攻擊平民」的劣勢，但是很遺憾，魔法師以平民身分受到保護的權利大幅受限。基於國際公法的正當性，達也他們這邊比較不利。

就算這樣，考量到今後的狀況，也不可能什麼都不做就放她走。這下該如何收拾事態……達也覺得自己的頭似乎開始痛了。

「算我輸吧。」

但他沒必要繼續煩惱。援手從出乎意料的地方出現。

「要是剛才繼續打下去，我肯定招架不住。如果我當時將魔法容納力分配到其他魔法，我或許會被深雪的魔法吞噬而喪命。至少免不了在醫院住好幾個月吧。」

莉娜看向達也與深雪，以灑脫態度承認自己敗北。

「所以深雪，我輸了。達也，我不打算丟臉地死不認輸。」

不過，為此放心、鬆一口氣就太早了。

「這是約定。你問任何事情，我都會回答。不過……」

「不過怎麼樣？」

「我的回答只有『YES』或『NO』。無法以這種方式回答的問題，我就不會回答。達也，既然你插手這場對決，改變了我和深雪達成協議的條件，我也要將條件變更到這種程度。」

看來，莉娜比達也想像的更加堅強。

面對露出實在不像是戰敗者的美妙笑容的莉娜，達也只能點頭回應。

（待續）

後記

非常感謝各位本次也購買、閱讀《魔法科高中的劣等生》。初次拿起本書的讀者，今後也請你們多多指教。

本次的副標題是〈來訪者篇〉。各式各樣的來訪者，將主角們捲入事件的漩渦。舉足輕重的客串角色登場、主角這邊也有人犧牲、事件呈現三方＋α的複雜演變、隱含些許的傳奇風格（我甘願承受任何異議）。就像這樣，魔法科高中生們這次的故事，和第八集為止相比別有一番風味。我想各位肯定會看得很愉快。

接下來，非得在這裡向各位知會一聲——不好意思，這次會分成上中下三本。大概是〈追憶篇〉只有一本的反作用力吧，〈來訪者篇〉無法只以上下兩集收錄。不，電擊文庫（只要不是特殊原因）沒有頁數限制，真要收錄的話還是可以……卻基於諸多原因變成這樣了。這次必須比以往更久才等得到本章完結，但是相對的，我會寫出讓各位看得盡興的作品。

本次的進度表比以往還要緊湊。預料中集與下集的排程也會很匆忙。各位相關人士，容我預先說聲對不起，並且向各位道謝。為了儘早將續集獻給愛看本作品的讀者，下一集也請各位務必提供協助。

那麼，我在這裡再度向拿起本書閱讀的各位讀者道謝。希望下次也能在〈來訪者篇〉中集和各位見面。

佐島　勤

Kadokawa Light Novels

黃龍天空

作者：墨熊　插畫：DomotoLain

Kadokawa Fantastic Novels

2012角川華文輕小說大賞金賞作品
《蒼髮的蜻蜓姬》姊妹作震撼登場！

天真無邪的少女小玟，獨自在森林中沐浴時，竟慘遭吞食，變成了非人的怪物！她沒有察覺到自己的轉變，直到一隻蜻蜓試圖攻擊她的家人……即使親眼見到妹妹產生異變，哥哥賽法仍一廂情願地認為小玟生病了，想方設法要治好妹妹，卻讓彼此陷入險境？

NT$200/HK$55

台湾角川

Kadokawa Light Novels

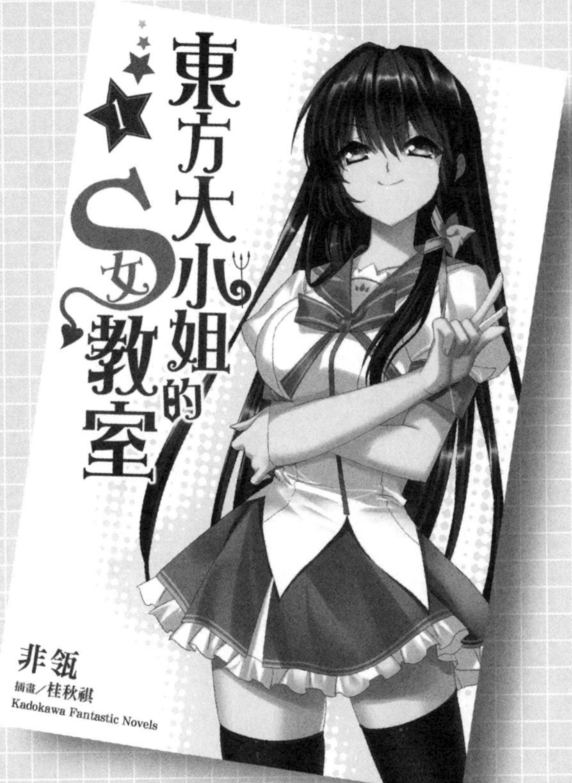

東方大小姐的S女教室 1 待續

Kadokawa Fantastic Novels

作者：非瓴　插畫：桂秋祺

「從這間教室出去的人，將會征服一切！」
大小姐開班授課，天下男人皮皮銼！

語出驚人的大小姐東方婷，是個除了個性外，各方面都完美無比的超級問題美少女。她開設了一堂教導女生「如何成為能徹底踐踏男性的S女」的課程！而我，大小姐的隨從關仕音，奉命成為助教「M男」，無時不為守護自己寶貴的尊嚴與貞節（？）拚命……

台灣角川

NT$220/HK$60

國家圖書館出版品預行編目資料

魔法科高中的劣等生．9, 來訪者篇 / 佐島勤作；
哈泥蛙譯．-- 初版．-- 臺北市：臺灣角川,
2013.11-
冊；　公分

譯自：魔法科高校の劣等生．9, 来訪者編
ISBN 978-986-325-698-4（上冊：平裝）

861.57　　　　102020338

Kadokawa
Fantastic
Novels

魔法科高中的劣等生 9
來訪者篇〈上〉

（原著名：魔法科高校の劣等生9 来訪者編〈上〉）

2013年11月21日 初版第1刷發行
2023年9月22日 初版第9刷發行

作者：佐島勤
插畫：石田可奈
日版設計：BEE-PEE
譯者：哈泥蛙

發行人：岩崎剛人
總編輯：蔡佩芬
編輯：黎夢萍
設計指導：黃永漢
印務：李明修（主任）、張加恩（主任）、張凱棋

發行所：台灣角川股份有限公司
地址：104台北市中山區松江路223號3樓
電話：（02）2515-3000
傳真：（02）2515-0033
網址：www.kadokawa.com.tw
劃撥帳戶：台灣角川股份有限公司
劃撥帳號：19487412
法律顧問：有澤法律事務所
製版：巨茂科技印刷有限公司
ISBN：978-986-325-698-4